Quién no

Claudia Piñeiro

Quién no

ALFAGUARA

Quién no

Primera edición en Argentina: septiembre de 2018
Primera edición en México: noviembre de 2018

D. R. © 2018, Claudia Piñeiro
c/o Schavelzon Graham Agencia Literaria
www.schavelzongraham.com

D. R. © 2018, Penguin Random House Grupo Editorial, S. A.
Humberto I, 555, Buenos Aires

D. R. © 2018, derechos de edición mundiales en lengua castellana:
Penguin Random House Grupo Editorial, S. A. de C. V.
Blvd. Miguel de Cervantes Saavedra núm. 301, 1er piso,
colonia Granada, delegación Miguel Hidalgo, C. P. 11520,
Ciudad de México

www.megustaleer.mx

D. R. diseño: Penguin Random House Grupo Editorial, inspirado en un diseño original de Enric Satué

ISBN: 978-607-317-324-7

Impreso en México – Printed in Mexico

El papel utilizado para la impresión de este libro ha sido fabricado a partir de madera procedente
de bosques y plantaciones gestionadas con los más altos estándares ambientales, garantizando
una explotación de los recursos sostenible con el medio ambiente y beneficiosa para las personas.

Penguin
Random House
Grupo Editorial

*A los que pueden ponerse en el lugar de otros,
raros o no.*

Lo de papá

Si hoy no fuera un día especial, Julián tomaría el juego de llaves de algún departamento de la inmobiliaria, cerraría el tablero, bajaría la persiana, apagaría las luces y saldría. Así lo hizo cada noche desde que se separó de Silvia, cinco meses atrás. Apenas con unas pocas pertenencias dentro del bolso de Estudiantes de La Plata que, miente, usa para hacer deporte. Pero hoy cumple años Tomás, su hijo mayor, y Silvia lo conminó a que, como parte del festejo, duerma con él por primera vez desde la separación. En realidad, sus dos hijos dormirán con él, Tomás y Anita. Silvia fue terminante. Él no atinó a esgrimir ninguna de las tantas excusas que puso en esos meses con la intención de no dar una dirección exacta. Hasta hacía poco había funcionado, pero ya no. Incluso parecía desvanecida la ventaja que solía tener en cualquier negociación frente a Silvia por el hecho de que era ella quien había tomado la decisión de dar por finalizado su matrimonio. Desde el día en que le dijo "quiero que te vayas", él había quedado girando en falso sin entender qué había pasado para tener que desarmar lo que habían construido juntos durante quince años. ¿Lo habían construido juntos? ¿En qué consistía esa supuesta construcción? No podía encontrar respuesta. Aún hoy seguía sin entender y con la esperanza de que a Silvia se le pasara lo que fuera que la había llevado a echarlo de la casa. Lo que fuera, hasta otro hombre. Y ése era el motivo por el que Julián no se decidía a resolver el problema de dónde vivir, como corresponde que haga un marido que se separa: cinco meses después, no se sentía separado. Es más, había creído que el cumpleaños de Tomás lo pasarían todos juntos, él, Silvia y los chicos, en su casa, la casa de todos. Pensó que era la ocasión ideal para el reencuentro. Pero en cambio Silvia parecía haber pensado exactamente lo contrario. Fue terminante e incluso se lo dijo a los chicos antes que a él, probablemente para no dejarle alternativa. "Hoy duermen en lo de papá". Sin sospechar que aún no había "lo de papá". O que "lo de papá" no era un lugar fijo sino escoger una llave del tablero de la inmobiliaria para rotar de departamento en departamento y acostarse adentro de una bolsa de dormir.

El tablero lo había implementado él mismo, hacía años, al poco tiempo de entrar a trabajar en la inmobiliaria Rosetti. Cuando llegó había dos cajas, en una se tiraban todas las llaves de los departamentos en alquiler y en otra las de los departamentos en venta. Hasta ese entonces cada juego iba en un llavero de plástico trasparente, con logo de la inmobiliaria, donde se podía introducir por una ranura un pequeño papel con la dirección del inmueble en cuestión. Julián juzgó el método no sólo desprolijo sino peligroso. La desprolijidad se hacía evidente en el tiempo que le llevaba a cada empleado encontrar la llave buscada dentro de la respectiva caja, operativo que muchas veces se realizaba delante del propio cliente, fastidiado y sorprendido. Pero el argumento con el que Julián convenció al dueño de la inmobiliaria —entonces su jefe directo— fue que si alguien perdía un llavero por la calle, quien lo encontrara podría cometer con facilidad cualquier tipo de atraco. "No están los tiempos ni la calle como para perder llaves con la dirección exacta de la puerta que pueden abrir, Rosetti", había dicho un Julián de apenas veinticinco años, bastante más arrogante y seguro de sí mismo que este hombre vacilante en que se convirtió, veinte años después, por más que el dueño se haya retirado y haya dejado en sus manos —"con confianza ciega"— el manejo de la inmobiliaria familiar. Rosetti, en aquel lejano tiempo en que apenas se conocían, aun a pesar de la mirada desconfiada y celosa del resto del personal más antiguo y experimentado que Julián, accedió a cambiar el método usado desde hacía tanto tiempo por el que proponía ese empleado recién llegado, el más joven de todos, simplemente porque tenía razón. El tablero lo diseñó y lo mandó a hacer Julián: una caja con tapa de vidrio, para amurar en forma vertical en la pared, con ganchos de donde colgar cada llavero. Los llaveros rojos correspondían a inmuebles en venta y los azules a inmuebles en alquiler. Y sobre cada llavero había un número dibujado con marcador indeleble que correspondía a la ficha donde se detallaba, además de las características de la propiedad, su dirección. De ese tablero, Julián había escogido durante los últimos cinco meses el lugar donde pasar cada noche, tratando de no dormir dos veces seguidas en el mismo lugar, ni siquiera en el mismo barrio. Para no aquerenciarse: él estaba de paso, él volvería a su casa.

Pero por ahora parece que no será así. Y aunque lo sea en un futuro, es el cumpleaños de Tomás y sus hijos dormirán con él. Así que esta noche, al dejar la oficina, no puede elegir el llavero de cualquier departamento. Él sí puede dormir en el piso de un ambiente totalmente vacío, pero los chicos no. Las opciones amuebladas son departamentos en alquiler, francamente deprimentes, puestos a las apuradas para sacarle una renta mayor a algo que no lo vale. La mayoría de los departamentos en venta están vacíos. El único departamento que se ajusta a lo que Julián necesita esta noche es el de la calle República de la India, por eso lo elige. Un departamento puesto a la venta hace tres años a un valor más alto que el de mercado, como si sus dueños en realidad no quisieran venderlo, y que contiene unos pocos muebles y objetos de buen gusto que prometieron sacar ni bien hubiera una oferta concreta. Un lugar que seguramente conserva poco de aquel hogar que fue, pero lo suficiente como para decir que es "lo de papá".

Si hoy no fuera un día especial, George Mac Laughlin aprovecharía su visita a Buenos Aires, tal vez la última, para tomar un whisky en la barra del bar de la calle San Martín donde solía hacerlo cada tarde, hace tanto tiempo. Salía de la oficina pero antes de volver a su casa se sentaba en la barra y sin decir nada el mozo le traía su escocés con hielo. Un rito que empezó cuando era un junior del área financiera y que continuó hasta verse convertido en director general de la cerealera multinacional para la que trabajaba. Luego vino el traslado a Londres; su mujer, Sonia, no estaba convencida de acompañarlo. Su familia en Buenos Aires y él allá durante meses. Una amante. Dos, tres. Finalmente conoció a

Barbra, se enamoró y, cuando ella quedó embarazada, decidió formalizar una nueva familia en Inglaterra y dejar atrás los restos de su familia argentina: una mujer con la que ya eran dos extraños y un hijo, Charlie, que se las arreglaba para estar lo más lejos posible cada vez que venía a verlo. El embarazo de Barbra no llegó al quinto mes y ya no intentaron tener más hijos, pero para entonces su nueva pareja estaba consolidada. Durante muchos años intentó mantener el vínculo con Charlie; al principio viajaba todos los meses, luego cada tres, al tiempo cada seis. Lo llevaba a Londres a pasar las vacaciones con ellos. O lo intentaba. Y por supuesto le mandaba puntualmente el dinero que correspondía, y más dinero aún si Charlie o su madre se lo pedían. Por eso todavía le cuesta entender qué fue lo que hizo tan mal para que ese vínculo nunca haya funcionado. "¿Qué? Todo hiciste mal, papá", le respondió su hijo la última vez que lo vio, tres años atrás. Y lo corrigió: "No me llamo Charlie, sólo vos me llamás así, me llamo Carlos". Algún intercambio posterior de reproches vía mail y por fin silencio durante ¿dos años? Hasta que recibió por correo la participación de la boda de su hijo, anunciando que se casaba en menos de un mes. Carlos Mac Laughlin, con una mujer que él nunca había oído nombrar, en una iglesia católica siendo que ellos no lo son. O no lo eran.

O al menos él no lo es, aunque no puede hablar por Charlie —o Carlos—, si ya no sabe a quién le reza su hijo, de quién se enamora, de qué se ríe, por qué llora. Preguntó tímidamente si había fiesta, si podía colaborar con algo. La respuesta fue: "Hay fiesta pero no estás invitado. Si te alcanza con la ceremonia religiosa, vení". Y luego el número de una caja de ahorro donde recibían "regalos" de boda.

Entonces vino, y acaba de estar en la iglesia. Sentado en uno de los últimos bancos, viendo cómo su hijo esperaba a la novia en el altar. Unas pocas personas lo reconocieron y se acercaron a saludarlo, con timidez, como si supieran algo que él ignoraba. Pero no conocía a la mayoría de la gente que lo rodeaba. Sonia casi no tiene familia y la poca que le queda a él, nadie muy cercano, no debió de haber sido invitada. La mayoría de los que estaban a su alrededor eran jóvenes, seguramente amigos de su hijo y de la que estaba a punto de ser su mujer. Por fin entró ella, la novia, del brazo de un hombre que debía de ser su padre, y se situó junto a Charlie. Luego las seis espaldas alineadas frente al altar: su hijo y la novia, los padres de ella, Sonia y un hombre. El hombre que lo reemplaza, el que ocupaba el lugar que debería ocupar él. No le importó si era un novio, amigo, amante o marido de Sonia, sólo que estaba junto a su hijo en el lugar donde debía haber estado su padre. Pensó que podría resistirlo, pensó que podría saludar a todos en el atrio. Había cruzado el océano para estar allí, para hacer las cosas bien por más que dolieran, por más que siempre le quedase la sensación de que no sabía cómo ser padre. Había cruzado el océano para serlo, aunque lo hubiera sido tan mal todos estos años a pesar del esfuerzo y de las ganas. "Primero siempre estás vos, siempre primero vos", le había reprochado Sonia muchas veces. ¿Fue así? Tal vez, sí. ¿Y eso estaba mal? ¿No podía formar una nueva familia y seguir siendo un buen padre para Charlie? Ni siquiera un buen padre, un padre a secas. No había podido. Tampoco esta tarde en la iglesia. Quiso pero no pudo. Quiere pero no puede. Si ni puede llamarlo por el nombre que le pide: Carlos. Apenas Charlie le puso el anillo a la novia, se levantó y se fue. Caminó, no sabe cuánto, caminó hasta no dar más. Pasó por lugares que recordaba con precisión: la casa que compartió con Sonia, la oficina en el Bajo, la plaza donde llevaba a su hijo a patear una pelota número cinco del Manchester United que aún debe de estar en alguna parte, el consultorio del psicólogo donde siguieron intentando mejorar el vínculo intermitentemente cuando ya no vivía en Buenos Aires, el departamento que compró al poco tiempo de decidir quedarse en Londres.

Quería tener un lugar propio donde estar cada vez que venía, un sitio más acogedor que un cuarto de hotel para compartir con su hijo. Se decidió por uno frente al zoológico, una zona de Buenos Aires que siempre le gustó; desde el balcón Charlie podía ver la jaula del elefante. Los primeros años lo usó con frecuencia. Luego cada vez menos. Por fin nada. Las pocas veces que volvió en los últimos tiempos, pensó que era más práctico quedarse en un hotel que entrar a un lugar deshabitado, con el aire viciado por la falta de ventilación y unos pocos muebles que apenas eran fantasmas de lo que habían sido. A Charlie terminaba viéndolo en algún restaurante, a las apuradas, su hijo siempre tratando de evitarlo, de terminar el trámite cuanto antes. Hasta que hace tres años decidió vender el departamento, ya no tenía sentido conservarlo. Entre todos sus bienes, ése era el único que le producía tristeza cada vez que sabía de él. La huella de lo que quiso ser y no fue. La huella de su fracaso. Un fracaso tan abstracto, tan inasible como la paternidad, como el amor padre-hijo. Un departamento que hacía concreta su incapacidad de ser padre.

Aunque parece que no resulta tan sencillo desprenderse de ciertas cosas. En la inmobiliaria le dicen que debería bajar el precio.

Tal vez sea hora de hacerlo. Tal vez ahora sí.

Julián compró comida en McDonald's y una torta de chocolate. Sabe que Silvia no aprueba la comida chatarra pero Tomás y Anita sí, y está cansado de actuar como Silvia quiere. Ella quiso que se fuera de la casa, ella quiso deshacer el matrimonio, ella quiso que los chicos hoy duerman con él. ¿Y él qué es lo que quiere? Hasta ayer habría dicho: volver a casa, volver con Silvia, volver a vivir con sus hijos. Hoy, esta noche, ya no sabe, por primera vez se siente confundido. Sabe, al menos, que quiere hamburguesas con papas fritas para la cena del primer día que dormirá con sus hijos fuera de casa. De su casa. De la que fue su casa. ¿Cómo llamarla? Legalmente el cincuenta por ciento sigue siendo suyo. Aunque en los hechos ya no lo parezca. ¿Lo volverá a ser alguna vez? En eso piensa mientras Anita lo ayuda a poner las velitas en la torta. "¿Seguro que mañana vamos a poder ver el elefante, papá?" "Seguro, ahora está durmiendo." Tomás espera que terminen de armar su torta pateando una pelota desinflada que vaya a saber qué hace ahí. Y están a punto de empezar a cantar el feliz cumpleaños cuando Julián se da cuenta de que no tiene con qué encender las velas. Va a la cocina. Busca en los cajones. Trata de encender el fuego de la hornalla pero el chisquero no funciona. Cree que va a tener que sacarles el pijama a los chicos, vestirlos y bajar a comprar fósforos. Tomás se queja, quiere quedarse ahí pateando la pelota. "Que te acompañe Anita, es mi cumpleaños, yo elijo". El comentario de Tomás le hizo acordar a Silvia, "yo elijo". Casi se enoja con él, pero prefiere pasarlo por alto y está por llevarse a los dos chicos así como están, en pijama y descalzos, cuando siente que alguien pone las llaves en la cerradura. Se maldice por esa costumbre tan de su oficio inmobiliario de no pasar el cerrojo, de ni siquiera dejar el llavero puesto del otro lado de la puerta. Si cuando muestra un departamento no hace falta. Pero ahora no está mostrando ese departamento, está festejando el cumpleaños de su hijo allí. Y más allá de su error no se explica cómo alguien puede estar queriendo entrar a esa hora de la noche. El dueño vive en Londres, lo vio una vez en su vida hace como tres años, cuando puso en venta el departamento. Y le dijo que lo vendía porque no pensaba volver a la Argentina. El portero tampoco tiene llave, se la quitaron después de una discusión que tuvo con Rosetti. ¿Silvia? ¿Silvia, que les quiere dar una sorpresa? Sabe que es imposible. Se siente un idiota, se maldice por pensar en Silvia en cualquier circunstancia, incluso en la más absurda e inverosímil. Sus hijos lo miran esperando que su padre haga algo, inquietos, tal vez pensando que puede ser un ladrón, o un fantasma. Julián por fin decide enfrentar la situación y va hacia la puerta en el mismo momento en que ésta se abre y del otro lado está George Mac Laughlin. Julián lo reconoce porque, tal como aquella única vez que lo vio, le hace acordar a Harrison Ford. Es él, no tiene dudas. ¿Cómo puede tener tanta mala suerte como para que un tipo que vive en Londres y dijo que no pensaba volver regrese justo el día del cumpleaños de Tomás? "Señor Mac Laughlin", dice y no tiene ni la menor idea de qué dirá después. Mac Laughlin lo mira sin decir nada, tratando de entender qué sucede. Recorre con la vista el departamento, los niños, la pelota del Manchester que fue de su hijo. Julián intenta ayudarlo: "Yo… Soy…". Mac Laughlin, con la vista clavada en la torta de cumpleaños, lo detiene: "Sé quién es. ¿Cómo le va?", le dice, entra y cierra la puerta detrás de él. "¿Quién es, pa?", pregunta Anita. Julián balbucea. Mac Laughlin contesta: "Un viejo conocido de tu papá", y de camino patea la pelota hacia donde está Tomás, que la ataja sin dificultad. El hombre se detiene en el centro del ambiente y recorre otra vez su departamento con la mirada; lo hace en círculo, como si fuera una pantalla de trescientos sesenta grados. Por fin toma una silla y dice: "¿Puedo?" Julián contesta que sí con la cabeza. El hombre se sienta: "Estoy realmente cansado, gracias".

Tomás, sin dejar de llevar la pelota entre los pies, se acerca también a la mesa y se sienta delante de él. Los separa la torta de cumpleaños con las velas apagadas. "¿Tenés fósforos?", dice el chico. "Algo así", dice Mac Laughlin, y saca del bolsillo un encendedor de plata con el que enciende las seis velitas una por una.

Cuando todas las velas están encendidas, Anita empieza a cantar el feliz cumpleaños. La niña se da cuenta de que está cantando sola y levanta la voz, grita "que lo cumplas feliz". Mira a su padre y a Mac Laughlin buscando con un gesto inequívoco que la acompañen. "Que los cumplas… ", grita aún más alto Anita, y se le marca la tensión en el cuello. Mac Laughlin por fin la sigue. "Que los cumplas", repiten los dos. Julián se acerca y alza a su hija. Mac Laughlin le hace un leve cabeceo, como si con ese gesto le diera permiso a Julián para que se sume a cantar con ellos. Julián llega a cantar apenas el último verso. "Que los cumplas feliz." Todos aplauden menos Tomás, que sigue con la cabeza entre las manos, la vista clavada en las velas que arden, concentrado en decidir cuáles serán los tres deseos que pedirá este año.

Dos valijas

Dos valijas. Eso dijo Mauro. Volví a preguntar: "¿Estás seguro?". "Sí, estoy seguro", respondió con paciencia. Todos me tenían paciencia en aquellos días. "No pueden ser dos", insistí. Pero Mauro ya no dijo nada porque ahí estaban las dos, en el recibidor del departamento. Apenas se atrevió a señalarlas con las manos abiertas, las palmas hacia arriba, mientras vacilaba en el marco de la puerta dudando de si entrar o irse. "Pasá y tomamos un café", le dije. "¿Estás de ánimo? Mirá que no hace falta. Si querés descansar, o estar sola...". "No, tomemos un café, que me va a hacer bien", dije sin estar segura de qué cosa me podía hacer bien. Mauro me había hecho el favor de ir a retirar las valijas de Fabián del aeropuerto y no me parecía bien dejar que se fuera sin siquiera ofrecerle un café. El cuerpo de Fabián lo había retirado mi hermano una semana antes. Y se había ocupado de todo: reconocer ese cuerpo, organizar el velorio, disponer el entierro. Yo no habría podido. Un infarto en pleno vuelo. Fabián había subido vivo en Chile y bajado muerto en Argentina. Un médico que viajaba en el avión le hizo masajes cardíacos y otras maniobras. Pero no fue suficiente. Mi marido murió diez minutos antes de aterrizar en el aeropuerto de Ezeiza.

Los primeros días después del entierro sólo podía pensar en ese preciso momento, el de su muerte, cuando el médico miró a alguien, la azafata tal vez, y dijo: "Ya no hay nada que hacer". Pensaba también en los otros pasajeros, en el resto de la tripulación. Qué habrá pensado cada uno de ellos, qué habrán hecho, cuál habrá sido la última cara que Fabián vio antes de morir, cuáles los últimos ojos con los que hizo contacto, quién le tomó la mano si es que alguien se la tomó, quién le habló hasta que se fue. Quizá me concentraba en esos detalles para seguir pensándolo vivo, para tenerlo conmigo en ese instante anterior a la muerte en el que yo no pude estar a su lado. Hasta que llegaron las valijas y las preguntas cambiaron.

Mauro me esperaba sentado en el living cuando aparecí con la bandeja y los cafés. "Estaba segura de que había viajado sólo con una valija", dije otra vez mientras le alcanzaba su taza. "A mí también me sorprendió, no fueron tantos días. Pero pregunté y me mostraron que las dos etiquetas están a su nombre, de hecho todavía las tienen puestas", dijo Mauro, y se acercó a una de las valijas, tomó la etiqueta que colgaba de la manija y leyó, "Fabián Tarditti". Luego hizo exactamente lo mismo con la otra: "Fabián Tarditti". Levantó la vista y me miró como con resignación. "Quizá compró cosas allá y no le alcanzó el espacio, o traía folletería de la empresa. Ya verás cuando las abras, pero quedate tranquila que las dos son de Fabián." "Sí, ya veré", le dije, y se me llenaron los ojos de lágrimas. "Perdoname, estoy harta de llorar", me disculpé. "Es lógico", me consoló, y preguntó: "¿Cómo está Martina?". "Supongo que mal, se le fue su padre, tan de repente. Pero hace un esfuerzo por sostenerme a mí, así que me demuestra poco. Espero que se descargue con sus amigas o con su novio". "Seguro que sí", dijo Mauro. Yo asentí, me tomé mi café y ya casi no hablamos más. "¿Querés que te ayude a llevar las valijas al cuarto?", me ofreció Mauro antes de irse. Pero le dije que no, todavía no estaba preparada para abrirlas y encontrarme con las cosas de Fabián. Tampoco quería dormir con ellas en nuestra habitación. Así que se quedaron allí.

Recién me ocupé de las valijas tres días después; pasaba junto a ellas, salía y entraba, pero no las movía de donde Mauro las había dejado. La noche en que terminé abriéndolas, venían a comer a casa Martina y Pedro, su novio, y no me pareció prudente que mi hija se encontrara con ellas así, señalando la presencia de un padre que ya no estaba. Por eso antes de terminar de poner la mesa las empujé a mi cuarto y ahí las dejé. Comimos, charlamos, lloramos un poco. Pedro puso música, nos preparó café, cada tanto le tomaba la mano a Martina o le susurraba algo al oído.

Cuando se fueron por fin me decidí. Tenía que abrir esas valijas aunque me espantara encontrarme con las cosas de Fabián, aunque las prendas que sacara olieran a él. ¿Se guardan las prendas de un muerto en los mismos estantes donde se las guardaba cuando estaba vivo? ¿Por cuánto tiempo? Me acerqué a las valijas. Las dos tenían candado numérico pero eso no presentaba ninguna dificultad porque desde que nos vinimos a vivir a este departamento pusimos siempre en todo candado, locker o cerradura que tuviéramos que compartir los cuatro números de la dirección de nuestra casa: 1563. Veintiocho años vivimos juntos en Salta 1563, quinto piso, departamento A. Subí una de las valijas sobre la cama, puse los números del candado en la posición 1563 y el candado se abrió. Deslicé el cierre. Allí estaban sus cosas, todo ordenado tan meticulosamente como siempre. No conocí nunca a nadie que hiciera las valijas con la perfección con que las hacía Fabián. El traje gris que llevaba por si tenía reuniones de trabajo más formales. Su camisa blanca. La corbata azul con pintas rojas. Un pantalón sport. Su suéter azul. Dos remeras. Los zapatos de vestir y un cinturón del mismo cuero en otro compartimento. El jean lo traía puesto, lo mismo que su camisa celeste de mangas cortas, sus mocasines y su campera de lluvia. Todo perfectamente doblado, la ropa interior sucia dentro de una bolsa, las camisas abotonadas. El perfume, la pasta dentífrica, el cepillo y los artículos para afeitarse en el neceser de cuero que le regalé para su último cumpleaños. Cada cosa que sacaba olía a él. Lloré. Dejé para último momento el cierre interior, allí solía guardar los regalos que nos traía de sus viajes. Fabián siempre viajó por trabajo, dentro del país cuando recién se recibió de arquitecto y durante los años que ejerció la profesión en forma independiente, y a Chile, Uruguay y Brasil desde que trabajaba como gerente regional para una empresa de equipamiento de oficinas. De cada viaje nos traía algo, aunque fuera una pavada, algo que nos hiciera sentir que estando lejos había pensado en nosotras. Cuando Martina se fue a vivir con Pedro, ya no le trajo regalos en cada viaje sino de tanto en tanto, pero a mí, sí. Deslicé el cierre y metí la mano: saqué un sobre de papel, era de una casa de ropa de mujer de Las Condes. Lo abrí, dentro había un pañuelo de seda, color fucsia, con flores celestes, amarillas y blancas. Me lo llevé al pecho y lloré otra vez.

Decidí que por un tiempo, hasta que supiera qué hacer con sus cosas, mantendría el placard de Fabián tal cual estaba. Así que guardé cada prenda en su sitio. Cerré la valija y la subí al estante de donde mi marido la había bajado el día antes de viajar por última vez. Luego puse la otra valija sobre la cama. Coloqué los números de siempre en el candado: 1563. Pero esta vez el candado no abrió. Miré los números, dudé de si ese seis era un seis o un ocho, me calcé los anteojos y volví a chequear los números: 1563. Probé abrir otra vez y nada. ¿Y si finalmente yo tenía razón y ésa no era una valija de Fabián? Leí yo misma la tarjeta personalizada que aún colgaba de ella: Fabián Tarditti. Giré los números en el candado y volví a dejarlos en la posición 1563. Tampoco. Pensé un instante. Probé con su fecha de cumpleaños, con la de Martina, con la mía. No funcionaron. Finalmente volví a la etiqueta y fue entonces cuando empecé a comprender. Debajo de su nombre estaban la dirección y el teléfono. El teléfono era el que conocía, el celular que tuvo siempre, ése al que yo lo llamaba. Pero la dirección era otra: Jonás 764, Pinamar. ¿Jonás 764, Pinamar? ¿Qué dirección podía ser esa? Volví al candado. La cerradura tenía cuatro posiciones. Hice lo mismo que hicimos tantas veces que nos enfrentamos a candados con más dígitos que nuestra dirección: agregar nueves a la izquierda. Puse un nueve en la primera posición, luego un siete, luego un seis y por último un cuatro: 9764. El candado se abrió. Deslicé el cierre, levanté la tapa y me quedé sin aire. Lo que vi dentro era una copia exacta de lo que traía en la otra valija: el traje gris, la camisa blanca, la corbata azul con pintas rojas, el suéter, las remeras, los zapatos y el cinturón en otro compartimento, la ropa sucia en una bolsa, un neceser de cuero. No podía pensar, no terminaba de entender. O no podía entender aún. Entonces abrí el compartimento donde Fabián guardaba los regalos y allí estaba el sobre de papel del negocio de Las Condes. Pero había algo más, otra bolsa pequeña. La abrí y saqué lo que contenía: ropa de bebé, un enterito de algodón celeste con ositos marrones, un babero y un par de zoquetes. Me recosté en la cama. La cabeza me latía como si fuera a explotar. ¿Dos valijas idénticas significaban lo que se cruzaba por mi mente? Idénticas no, en una había ropa para un bebé. ¿Y si no qué? ¿Por qué alguien llevaba valijas duplicadas? ¿Una mujer y un bebé de Fabián en Pinamar? ¿Qué habría hecho Fabián con la otra valija si no hubiera tenido un infarto en el avión? ¿La habría dejado en la oficina, en el baúl del auto? No podía ser, tenía que haber otra explicación. Pero si la había yo no la encontraba.

Anduve por la casa de un lado a otro, elegí y descarté amigas con quien compartir lo que me estaba pasando. Tampoco quería decírselo a mi hermano. Pensé en Martina, en cómo se lo diría, en si se lo diría. También pensé en llamar a Mauro, el amigo más cercano que tenía Fabián. Al menos el más cercano que yo conocía. Pero desestimé la idea, era imposible que Mauro supiera, si hubiera sabido no me habría entregado la valija. Habría protegido a su amigo hasta las últimas consecuencias. La habría entregado allí donde esta valija debía estar. Y cuando pensé eso, que Mauro habría llevado la valija allí donde debía estar, fue que supe qué era lo que yo iba a hacer: viajar a Pinamar a entregársela a una mujer que tal vez ni siquiera sabía que Fabián ya no regresaría.

Tomé algo para dormir y dejé que mi cuerpo decidiera qué hora era buena para despertarse. Amanecí como a las diez de la mañana. Cargué en el auto la otra valija, esa que traía una dirección en Pinamar hacia donde me dirigía. Nunca había manejado sola en ruta. Nunca incluso había ido a Pinamar desde nuestro casamiento. Sí antes, de solteros, cuando Fabián tenía un par de obras allí y lo acompañé a verlas. Pero a mí nunca me gustó la playa. Así que nuestros destinos siempre fueron otros: Villa La Angostura, Mendoza, Córdoba. Busqué la ruta más apropiada en Google Maps. Sabía que tenía que tomar la 2 y luego desviar en Dolores. Allí pregunté, en una estación de servicio. Me indicaron un camino más corto, un poco desolado, pero que me ahorraría más de cincuenta kilómetros. Y eso hice. Quería llegar cuanto antes. Conocer de una vez a esa mujer y al hijo de Fabián, para luego volver y olvidarme de ellos. Si podía. Me pregunté desde hacía cuánto estaría ella en su vida. Yo nunca había notado nada. Fabián había estado un poco distante el último tiempo. Y tal vez los dos estábamos menos cariñosos, o con menos interés sexual. Pero hacía veintiocho años que estábamos juntos y el hecho de que decayera su libido o la mía no me pareció alarmante ni mucho menos. Ahora me daba cuenta de que su libido no había decaído sino que estaba puesta en otro sitio. ¿Una mujer de qué edad? ¿Treinta y cinco, cuarenta? Tenía que ser bastante joven para tener un bebé, pero también una edad adecuada como para estar con un hombre de cincuenta y cinco años. Miré a un lado de la ruta y vi un Cristo gigante que invitaba a un Vía Crucis en Madariaga, así que supe que estaba muy cerca, que pronto estaría frente a la mujer a la que le entregaría una valija que no me pertenecía.

¿Qué le diría? ¿Me enojaría con ella? ¿La insultaría? ¿Le daría el pésame? En la rotonda de entrada a Pinamar me detuve y puse la dirección en el GPS del teléfono: Jonás 764. El GPS buscó y luego me indicó el camino. Fui despacio, temía llegar y hacer un escándalo. O desmayarme. O no atreverme y volver a mi casa sin dejar la valija. Ir despacio me permitía tomar coraje. Un rato después me detuve frente a la dirección con la que había abierto el candado. Era una casa sencilla, con un jardín cuidado delante. Bajé y toqué el timbre. No salió nadie. Insistí. Y luego otra vez. Un hombre que entraba a la casa vecina me dijo: "Están en el bar". "¿Cuál bar?", le pregunté. "El del centro", me dijo, "el de la playa en esta época del año lo tienen cerrado". "Ah, claro, dije", como si supiera de qué me estaba hablando. Y antes de irme agregué: "¿Me indica el camino? Hace años que no vengo de visita y tengo miedo de perderme". El hombre se puso junto a mí y dibujó en el aire un mapa que traté de aprender de memoria. "A Mi Modo, se llama", dijo. Lo miré sin entender. "El bar. Ahora se llama A Mi Modo, le cambiaron el nombre hace un tiempo. Le digo para que no se confunda, por si no sabía". "Sí, claro, sabía, pero le agradezco", mentí. Y me subí al coche.

Hice el camino que me había indicado el hombre sin dificultad y ahí estaba el bar: A Mi

Modo. Entré y me senté en una mesa. Enseguida vino una mujer a atenderme, una mujer embarazada, que no podía tener más años que Martina. No había un bebé, sino una mujer embarazada. Sentí pena por ella, pero también enojo, bronca. ¿Cómo Fabián había podido tener una relación con una mujer de la edad de nuestra hija? ¿Quién era ese hombre con el que compartí veintiocho años y recién ahora empezaba a conocer? ¿Cómo se puede tener un hijo de una chica de veintipico a los cincuenta y cinco años? ¿Cuándo pensaba decírmelo? ¿Pensaba decírmelo alguna vez? "Perdón, señora, ¿qué le sirvo?", dijo la mujer en voz alta, seguramente porque ya lo había dicho antes y no la había escuchado. "Un café, por favor, un café". Ella desapareció detrás del mostrador. Tuve que contenerme para no ponerme a llorar. La mujer salió de la cocina a buscar algo pero alguien la llamó desde adentro: "Martina...", y la chica volvió a irse. Se me nubló la vista. Mi marido tenía una amante de la edad de nuestra hija que se llamaba como nuestra hija. Sentí asco. Me lo imaginé diciéndole cosas en la cama y nombrándola con el mismo nombre que eligió, él mismo, para Martina. Yo quería llamarla Carolina, pero él insistió y yo acepté. La chica salió de la cocina con el café, caminó hacia mi mesa y lo dejó frente a mí. Luego me acercó un servilletero y los sobres de azúcar. "¿De cuánto tiempo estás?", pregunté con la voz ronca, casi sin pensarlo. "De seis meses. Va a nacer para fin de año". "Qué bien...", dije, "¿es un varón?". "Sí, es un varón", respondió ella, "si no se equivocó el médico que me hizo la ecografía". "Sos muy joven para tener un hijo". "No tanto, tengo veintiséis". "Veintiséis", repetí, "uno más que mi hija". Ella sonrió, acomodó una de las sillas de otra mesa y volvió al mostrador. ¿Cómo decirle a esa mujer, a pesar del rencor que sentía, que su hijo no tendría padre porque había muerto de un infarto en el avión que lo traía de Chile? ¿Desde hacía cuánto tiempo estaban juntos? Ella era tan joven. ¿Qué necesidad había tenido Fabián de llevar con esa chica una vida igual a la que llevaba conmigo? Dos valijas. Me sentía demasiado incómoda, quería irme ya, pero antes debía completar lo que me había llevado hasta allí. Dejé el café sin tomar y fui al auto. Bajé la valija y volví al bar arrastrándola conmigo. Cuando entré no había nadie. La llamé por su nombre y el de mi hija: "¡Martina!". Entonces ella salió de la cocina y me vio allí, parada junto a la valija. "Te traje la valija de Fabián", dije. Parecía asustada, miró hacia la cocina y gritó: "¡Mamá!". Una mujer muy parecida a ella salió de inmediato, se detuvo junto a la chica y se quedó mirándome. Por fin, entendí. En sus ojos vi que ella, esa otra mujer, sabía quién era yo, sabía que Fabián había muerto y por qué estaba allí. Se acercó tomó la valija y dijo: "Gracias por traérmela". Yo en cambio no pude decir nada. Sonreí, no sé a cuenta de qué; me quedé mirándola un tiempo incalculable, muerto. Luego me di media vuelta y me fui.

En esa corta distancia que recorrí hasta el auto, pasaron por mi cabeza imágenes de la vida duplicada de Fabián: las dos valijas, las dos casas, los dos suéteres azules, los dos trajes, las dos hijas con el mismo nombre, sus dos mujeres. Veintiocho años conmigo. ¿Cuántos con ella? Veintinueve, treinta.

Subí al auto y encendí el motor. Tardé en irme; me llevó un tiempo encontrar el coraje para dejar, por fin, lo que no era mío. Miré una vez más hacia el bar. En la puerta estaba la otra mujer de Fabián; un paso más atrás, su otra hija. La mujer sostenía en la mano un pañuelo de seda, color fucsia, con flores celestes, amarillas y blancas.

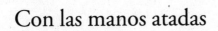

Con las manos atadas

Abrieron la puerta del baño y nos empujaron dentro. El más gordo nos tumbó en el piso, nos sentó espalda con espalda y, con una soga, nos ató las manos, juntas, las de ella con las mías. Luego salió y cerró la puerta con llave. Nos quedamos en silencio esperando que se fueran, todo lo que había de valor en la escribanía ya se lo habíamos entregado. Sin embargo, antes de irse, dieron una última revisada. Por el ruido sabíamos que estaban estrellando los libros contra el piso. La escribana estaba muy asustada, no debe ser fácil para una mujer joven y linda como ella pasar por una situación así. No es que a mí no se me hubiera cruzado por la cabeza que a lo mejor los tipos me terminaban pegando un tiro. Pero el susto de ella era distinto. Yo vi cuando el gordo le miraba las piernas con ojos libidinosos. Creo que si no fuera porque el que hacía de jefe lo apuraba, terminaba haciéndole cualquier cosa. Tuvo suerte la escribana, la sacó barata.

Del otro lado de la puerta se oyó el ruido de un chorro de agua cayendo desde cierta altura.

—¿Y eso? —dije.

—Están meando, Gutiérrez —me contestó la escribana.

—Mientras no sea sobre el protocolo...

—¡Me importa un carajo el protocolo, Gutiérrez!

La escribana es mal hablada. Una pena, no le queda bien. Y tampoco entiende demasiado del oficio de notario. Un escribano cuida el protocolo como a su propio hijo. Aunque yo no tengo hijos me lo puedo imaginar. A mí sí que me importaba que orinaran sobre el protocolo. Pero claro, mi vida es esta escribanía. Todo lo que soy lo aprendí en este lugar. El tío de la escribana me lo enseñó. El Doctor Azcona, el escribano. Él sí que hacía un culto de esta profesión. Para él preparar un testimonio, certificar una firma, hacer un estudio de títulos, eran palabras mayores. Él sabía lo que significaba *dar fe*; si Azcona ponía la firma, uno podía quedarse tranquilo. En cambio esta chica, si no fuera porque estábamos Mirta y yo, no sé qué hacía. Mucha universidad y todas esas cosas, pero cuando hay que ir a los bifes no entiende nada.

El Doctor Azcona no tenía hijos. Aunque, en realidad, a mí siempre me trató como a uno. Yo creo que fue para agradecerle lo que hizo por mí que me puse a estudiar abogacía. Y eso que cuando empecé ya había cumplido treinta y ocho años. Me costó bastante. Hubo materias que tuve que dar como tres o cuatro veces. Estoy convencido de que por esa carrera me terminé separando de Julia. Yo no paraba ni un minuto. Las pocas horas libres que me dejaba la escribanía se las dedicaba al estudio, ella se sintió sola y se terminó yendo. En el fondo la entendí. Julia había entrado en una edad difícil para una mujer. Además siempre tuvimos tiempos distintos, para todo. Al año de separarme me recibí de abogado y empecé con las materias para ser escribano, que era lo que yo realmente quería. El Doctor estaba orgulloso de mí. Siempre me preguntaba cómo me iba en los exámenes, me prestaba libros. Yo estaba seguro de que cuando me recibiera, si pasaba el examen, iba a terminar siendo adscripto a su registro. Estudié tres años seguidos para dar ese examen pero nunca lo di. Porque entonces apareció ella, una sobrina que yo nunca había oído nombrar, con veintisiete años y el título de escribana recién sacado del horno. Me acuerdo que el día que Azcona me llamó a su oficina y me dictó el borrador del poder por el que le dejaba todo a ella, fue como si me hubieran tirado un balde de agua fría. Cuando pasé el poder al libro me equivoqué tres veces, tuve que hacer tres enmiendas. La primera vez en mi vida que me equivocaba en el libro. "Al fin perdiste la virgi-

nidad, Gutiérrez", me había dicho Mirta rién-
dose, mientras yo salvaba.

Se escuchó el golpe de la puerta de entrada al
cerrarse, y luego un silencio.

—Se fueron...

—¿A usted lo espera alguien, Gutiérrez?

—No... yo soy solo... me separé hace un
tiempo.

—Entonces, si no hacemos algo, hasta mañana no nos encuentra nadie.

Intentamos sacarnos la soga, pero enseguida
nos dimos cuenta de que era imposible y de que,
cuanto más tirábamos, más se ajustaba el nudo.

La escribana giró sus piernas hacia la puerta
y la empezó a patear. Yo la miré por sobre mi
hombro. Alcanzaba a verle la pantorrilla. En una
de sus patadas se le voló un zapato. Traté de decirle que me parecía un esfuerzo inútil pero no
me escuchó. Siempre parecía que no me escuchaba. Sobre todo cuando le iba con algún asunto de trabajo complicado: "Gutiérrez, no me
venga con problemas. Soluciónelo y cuando lo
tenga resuelto me viene a ver". Era evidente que
ella no era escribana de raza. Esa chica se metió
en la profesión porque vio la veta que tenía con
su tío. Lo único que parecía importarle eran los
trajecitos que se ponía, demasiado cortos para lo
que se usa en nuestro ambiente. Y que el color de
los zapatos combinara con el de la cartera.

—Yo no puedo creer que tenga que pasar la noche acá....

—Por qué no se tranquiliza y trata de descansar...

—¡Gutiérrez, ¿a usted le parece que yo puedo descansar en estas condiciones?! ¡Tengo el culo frío por las baldosas del piso, las manos apretadas contra su trasero, y usted hablándome todo el tiempo!

Se le fue la mano. A medida que el tiempo corría me tuvo que dar la razón. El sueño la fue venciendo. Me di cuenta por cómo se movía su espalda sobre la mía cuando respiraba. Acomodó su cabeza sobre mi hombro y la dejó caer hacia atrás.

—Apóyese tranquila, escribana, que yo no tengo nada de sueño —le dije, pero no me oyó porque ya estaba dormida.

Se movía, apenas, y al hacerlo refregaba el pelo contra mi cuello. Hasta me hacía un poco de cosquillas. Pero no la iba a despertar, cómo le iba a hacer eso. Me acomodé para que ella calzara mejor. Tenía puesto el perfume que usa siempre, aunque esta vez parecía mucho más fuerte. Yo estaba acostumbrado a oler la estela que dejaba, pero me mareaba sentirlo tan cerca. Su oficina siempre olía a ella. Me acuerdo de que un día que firmó muchas actas y poderes, antes de guardar el protocolo, me lo llevé hacia la cara y lo olí.

Era como si ella estuviera ahí, metida adentro del libro mismo. Nunca antes la había tenido tan cerca como en ese baño. Si giraba mi cabeza hacia su lado, podía apoyar mi nariz sobre su pelo y olerlo. Lo hice. Justamente la estaba oliendo cuando ella se despertó.

—Gutiérrez, ¿nos tiramos de lado así podemos dormir mejor?

—Como usted diga, escribana.

Nos dejamos caer hacia su derecha y fuimos estirando las piernas. Enseguida la escuché respirar profundo otra vez y supe que estaba dormida. Sentí la curva de su cola sobre mi cintura. Se acurrucó y apoyó su pie descalzo sobre mi pantorrilla. Me saqué los zapatos con esfuerzo, siempre me ajusto mucho los cordones para que no se me deshaga el nudo mientras camino. Yo camino bastante, treinta cuadras por día. Le saqué el zapato que le quedaba puesto y le froté la planta del pie. Pensé que podía tener frío. Sus manos se movieron en el hueco que dejaban las curvas de nuestras cinturas. Le quise dar calma y entrelacé mis dedos con los de ella. Acaricié sus dedos subiendo y bajando los míos tanto como la soga me lo permitía. La escribana tenía la piel suave. Lo comprobé haciendo pequeños círculos con mis yemas. Se ve que ella soñaba con alguien porque en un momento me apretó la mano fuerte, con confianza, como debía hacer con esos hombres que la llamaban a la escribanía. Mi mano quedó aplastada contra la curva de su cola. La recorrí apenas y comprobé que era tal como la imaginaba. Me hubiera gustado apretarla. Por un momento me imaginé atado a ella, pero frente a frente, sintiendo su respiración sobre mi cara, llevando las manos atadas de los dos hasta sus pechos para tocarlos, sintiéndola donde más la sentía. Me imaginé que la besaba, una y otra vez, bien profundo, como si me quisiera meter dentro de ella. Me imaginé dentro de ella. Y fue tan real como cuando tenía catorce años y me movía entre las sábanas. Real aunque yo estuviera tirado en el piso del baño de la escribanía con las manos atadas. Porque lo que sucedía dentro de mí sólo era posible si yo estaba dentro de ella. Traté de que ese momento durara, que no se fuera, moviéndome apenas para no molestarla. Entonces, cuando sentía un placer que no recordaba haber sentido antes, no pude más y me dejé ir. Creo que fue mi último aliento lo que la despertó, me puse alerta, aunque enseguida se durmió otra vez. Yo también me dormí.

Cuando Mirta entró a la mañana siguiente, no podía parar de gritar. La escribana empezó a patear la puerta otra vez pero Mirta gritaba tanto que no la oía. Entonces grité yo, con una fuerza que no sólo sorprendió a la escribana sino a mí mismo. Mirta trajo al encargado del edificio y abrieron la puerta. Enseguida nos desataron. La escribana se quejó de sus brazos entumecidos, creo que yo también los tenía entumecidos. Y de inmediato le pidió a Mirta que se comunicara con la policía mientras ella llamaba a alguien por la otra línea. Debe de haber llamado a un hombre, le pidió que viniera a buscarla. Yo la espiaba mientras juntaba papeles orinados del piso. La escribana tenía la pollera arrugada, estaba despeinada y el maquillaje se le había corrido. Me quedé mirándola.

—¿Qué mira, Gutiérrez? ¿Por qué no se va a dar una ducha y a descansar un poco?

Me puse colorado. Bajé la vista y me encontré con mi pantalón manchado por una humedad espesa. Agarré la carpeta de la "Sucesión Martín Cabrera" que estaba sobre el escritorio y la puse delante de mí, a esa altura. Miré a la escribana y a Mirta, ninguna me miraba.

—Andá tranquilo, Jorge, que yo me ocupo de todo —dijo Mirta—. Con la noche que pasaste, no sé cómo podés seguir en pie.

La escribana se fue apenas le avisaron que estaban esperándola abajo. Yo también; unos minutos después tomé mi sobretodo y me fui.

El ascensor olía a ella.

Basura para las gallinas

Se dispone a atar la bolsa de plástico negro. Tira de las puntas para hacer el nudo. Pero resultan cortas, puso demasiado en esa bolsa, ya ni sabe cuánto ni qué metió dentro para llenarla, todo lo que encontró dando vueltas por la casa.

Levanta la bolsa en el aire desde la abertura y la sacude con golpes cortos y secos de manera que el contenido se comprima y libere más espacio para el nudo. La ata dos veces, dos nudos. Comprueba que el lazo haya quedado firme tirando del plástico hacia los costados. El nudo se aprieta pero no se deshace.

Deja la bolsa a un lado y se lava las manos. Abre la canilla, deja correr el agua mientras carga sus manos con detergente. Cuando era chica, en su casa, no había detergente, usaban jabón blanco si había. Ella ahora tiene detergente, se trae del que compran por bidones en el trabajo, llena una botella vacía de gaseosa y la guarda en su mochila. Tampoco había bolsas de plástico cuando era chica, su abuela metía en un balde todos los restos que podían servir para abonar la tierra o para alimentar a las gallinas y lo que no lo quemaba detrás del alambre, sobre el camino de tierra. Al balde iban las cáscaras de papas, los centros de las manzanas, la lechuga podrida, los tomates pasados de maduros, las cáscaras de huevo, la yerba lavada, las tripas de los pollos, su corazón, la grasa. Desde que vive en la ciudad, en cambio, usa bolsas de plástico, bolsas del mercado o bolsas compradas especialmente para cargar basura como la que acaba de atar. En una misma bolsa mete todos los restos sin clasificar, porque donde vive ahora no hay gallinas ni tierra que abonar.

Cierra la canilla y se seca las manos con un repasador limpio. Mira el reloj despertador que dejó esa tarde sobre la heladera, es hora de sacar la bolsa a la calle para que se la lleve el camión de la basura. Camina por el pasillo angosto que comparten todos los vecinos. Colgando de la mano izquierda lleva la bolsa agarrada con fuerza por el nudo; debe dejarla en la vereda apenas unos minutos antes de que pase el basurero. En la mano derecha lleva el manojo de llaves, que le pesa casi tanto como la bolsa. El llavero de metal es un cubo con el logo de la empresa de limpieza para la que trabaja, de la argolla plateada cuelgan las llaves del edificio y de cada una de las cinco oficinas que limpia, las llaves de un trabajo anterior adonde ya no va, las dos llaves de la puerta hacia la que camina ahora con la bolsa de la basura golpeando contra su pierna mientras avanza, la llave de la puerta de su casa planta baja al fondo, la del sótano donde guarda la bicicleta con la que va a trabajar su marido cuando tiene trabajo, y la de la puerta del cuarto de su hija, la que acaba de agregar al llavero después de encerrarla.

Cuando llega a la puerta de calle manotea el picaporte pero no se abre, deja la bolsa en el piso, pasa las llaves una a una girando sobre la argolla hasta que da con la correcta. Mete la llave y abre la puerta. Primero una y después la otra; la segunda llave la agregaron después de que entraron ladrones en el departamento "H". Traba la puerta con un pie mientras carga otra vez la bolsa. En ese corto tramo hasta el árbol donde la dejará para los basureros, la lleva abrazada contra su pecho. Al abrazarla se da cuenta de que la aguja de tejer perforó el plástico y saca su punta hacia ella, como si la señalara. La mira pero no la toca. Gira la bolsa para que la aguja de metal no le apunte.

Llega al árbol y apoya la bolsa otra vez en el piso, junto a bolsas que otros dejaron antes. Con el pie presiona la aguja para que se meta dentro, de donde no tuvo que salir. La aguja entra hasta que se topa con algo y entonces ella ya no aprieta más, para que no salga por el otro lado y termine siendo peor. Se queda mirando el orificio que perforó la aguja esperando ver salir por él un líquido viscoso, pero el líquido no sale. Si saliera y alguien le preguntara, ella diría que es de cualquiera de las otras cosas que tiró dentro para llenar la bolsa. Pero del agujero no sale nada.

Juega con las llaves mientras espera al camión de la basura. Gira las llaves una a una por la argolla. Es de noche aunque todavía no terminó la tarde, el frío de julio le corta la cara. Se frota los brazos para darse calor. Agita el llavero como si fuera un sonajero. Ya está, ya se termina, quisiera entrar otra vez a su casa a ver cómo está su hija, pero no puede dejar la bolsa ahí sola. Teme que alguien husmee en su basura buscando algo que pudiera servirle. O un animal, atraído por el olor. Ella sabe que los animales pueden oler cosas que nosotros no olemos; allá donde vivía con su abuela había animales, perros, un burro, gallinas; en una época hasta tuvieron un chancho. En la ciudad hay perros. Tiene frío pero no puede irse y dejar que uno de ellos ataque con voracidad la bolsa que acaba de sacar para los basureros. En casa de su abuela había tres perros. Su abuela también usó una aguja, pero no la bolsa de plástico sino uno de los dos baldes. Lo que largó su hermana fue al balde de las gallinas. Ella vio a su abuela sacárselo a su hermana, por eso sabe cómo hacer con su hija:

clavar la aguja, esperar, los gritos, los dolores de vientre, la sangre, y después juntar lo que salió en el balde y tirarlo a las gallinas. Ella aprendió viendo a su abuela. Y así lo hizo hoy, igual que como se acordaba.

Sólo que esta vez resultará mejor, porque ella ahora sabe qué tiene que hacer si su hija grita de dolor y no deja de largar sangre, sabe dónde llevarla, a ella no se le va a morir. En la ciudad es distinto, hay hospitales o salitas médicas cerca. Su abuela no sabía qué hacer, no había lugar al que llevar a su hermana. Donde ellos vivían no había nada, ni siquiera vecinos. No había manojos con llaves que abren y cierran tantas puertas. No había bolsas de plástico ni gente que revolviera en lo que dejaban los otros.

Pero había gallinas que se comían la basura.

Claro y contundente

Deja a Agustín en el colegio. No se baja, ahora no hace falta. Antes lo hacía, cuando su hijo era más chico. Buscaba un lugar, estacionaba el auto, le sacaba el cinturón de seguridad —si es que Agustín le había permitido que se lo abrochara— y lo ayudaba a bajar. Ya fuera del auto, con una mano lo sostenía del brazo y con la otra agarraba su mochila, se fijaba que no la hubiera abierto en el camino, que no se le hubiera caído nada, y luego se la colgaba en la espalda. Mientras tanto, Agustín se movía con una energía para ella desconocida a esa hora de la mañana. Todavía sosteniéndolo del brazo, guiaba a su hijo por los caminos del estacionamiento hasta llegar al edificio y, recién junto a la puerta, le daba un beso en la frente y lo soltaba. Agustín, antes de irse, le decía: "Chau, mamá linda". Ella le sonreía y contestaba el saludo: "Chau, hijo lindo". Entonces sí, él salía corriendo por el pasillo, se tropezaba con algún compañero o con alguna maestra, tambaleaba o hacía tambalear al otro pero no se detenía, y desaparecía corriendo en dirección al aula. Ella se volvía al auto sin mirar la cara de la maestra a la que su hijo acababa de atropellar, ni la de la madre que esperaba en la puerta a su lado y había sido testigo del episodio.

Eso era antes. Cuando Agustín era chico. O más chico. Ahora tiene doce años. "Dejalo crecer", le decía su marido. Y ella por fin lo dejó. Cómo no dejarlo si el año que viene empieza el colegio secundario. Antes ella se bajaba, ahora ya no. Ahora se pone un tapado sobre el pijama, se calza un par de zapatillas sin atarse los cordones, maneja las quince cuadras que separan su casa del colegio, estaciona en doble fila y le dice: "Bajate". Y él se baja. Y ella grita: "¡La mochila!", sin verificar si Agustín se la olvidó en el auto o la lleva con él, y Agustín vuelve y la agarra. A veces cree que él no se la olvida sin querer, que lo hace a propósito. Para que ella baje la ventanilla del acompañante y grite: "¡La mochila!", y él así tenga que volver al auto y mirarla una vez más. Y ella mirarlo a él. Pero Agustín ya no le dice: "Chau, mamá linda". Ni ella le contesta: "Chau, hijo lindo".

Como todas las mañanas Luciana vuelve a su casa y se mete otra vez en la cama a leer el diario y desayunar. Aunque si no desayunara y no leyera el diario, también se metería en la cama. A esa hora de la mañana no le es posible encarar el día. Sabe que cuando suena el despertador se tiene que levantar y llevar a Agustín al colegio, no lo piensa, lo hace. Hay cosas, algunas pocas, que no se cuestiona: llevar a su hijo al colegio, por ejemplo. Pero hasta ahí llega, como una autómata. Y luego otra vez a la cama.

Ese día, cuando Luciana regresa, Andrés se está terminando de bañar. O ya terminó, no sabe. Cada tanto su marido deja la canilla abierta aun después de haberse bañado. Si ella se lo hace notar, él dice que la deja así mientras se afeita para que el vapor haga que la barba esté más blanda. Pero en ocasiones Andrés se fue y el agua siguió corriendo. Esa mañana, sin embargo, él cierra la canilla. Acaba de cerrarla. Y sale, desnudo; avanza por el pasillo y se mete en el vestidor, pero no entorna la puerta. Ella no lo mira pero intuye cada uno de sus movimientos. Andrés se seca algunas gotas que todavía tiene sobre la espalda. Se frota el pelo con la toalla, lo sacude. Después se viste. A Luciana le gustaría decirle que no se olvide, recordárselo para estar segura de que irá, evitarse el disgusto. Pero sabe que a él le molesta que esté todo el día poniéndolo a prueba, se fastidia. Se lo dijo su cuñada, la hermana de Andrés, la última vez que se juntaron a tomar un café: "No lo controles más, no es tu hijo, es tu marido, se mata laburando por ustedes, ¿qué más querés?". Pero su cuñada sigue soltera a los casi cuarenta, viaja por el mundo

por su trabajo, no tiene hijos y, fundamental-
mente, no vive con Andrés. Además, cuando
vivía con él en la casa familiar, Andrés no era su
marido sino su hermano, por lo que cuando des-
conectaba el cable que lo une al mundo, como lo
sigue desconectando ahora, la sensación para su
cuñada no debe haber sido la misma que para
ella. "A esta altura de la vida no lo vas a cambiar",
también le dijo, y ella sabe que eso sí es verdad.
Ya no hay cambio posible. Pero Luciana no insiste por Andrés sino por ella. Porque cuando él
se olvida de algo, cuando su marido pierde la
billetera como suele hacerlo dos o tres veces al
año, cuando pierde las llaves de la casa, cuando
pregunta algo que ella acaba de decirle como si
nunca lo hubiera escuchado, o no encuentra la
chequera, el DNI o las llaves del auto, a ella se le
dispara un mecanismo claro y contundente que
no puede controlar, y quisiera, sencillamente,
matar a alguien. No necesariamente a Andrés
sino a quien sea. A alguien. Matar. Agarrar un
revólver, armarlo, cargarlo, guardarlo en la cartera y en cuanto ese alguien, quien sea, le dé pie
suficiente, disparar.

Para cuando ella está leyendo el suplemento
de espectáculos, Andrés se anuda la corbata frente al espejo. Luego se pone el saco, agarra el maletín, se acerca, le da un beso en la frente y se
despide. Luciana le diría, le advertiría: "No te

olvides, Andrés, no te olvides de la reunión de hoy". Pero se controla, no lo dice, confía, o no confía pero se obliga a confiar, como le aconsejó su cuñada. Si ya se lo dijo anoche, mientras cenaban. Y volvió a sacar el tema, como al pasar, en la cama antes de apagar el televisor. Sabe que si lo dice otra vez, él se enojará por más que no se acuerde. Interpretará que ella cree que no le importa su hijo, que se olvida de la reunión en el colegio porque le preocupa más el trabajo que ninguna otra cosa en el mundo. Pero no es así, ella sabe que Agustín le importa y mucho. Seguramente le importa más que ella. Sin embargo también sabe que su marido se olvida, se distrae. No en el trabajo, en el trabajo es el mejor analista financiero del banco donde está hace cinco años, según dijo el director general en la fiesta de fin de año, frente al micrófono, para que escucharan todos. Y eso le valió un aumento de casi el 70 por ciento. Y un *bonus* que pagó unas demoradas vacaciones en Punta Cana. Pero fuera del banco Andrés es una persona diferente, como si tanto esfuerzo para concentrarse en lo que hace le impidiera prestar atención a otras cosas que no sean el trabajo. Como dice su cuñada, "tanto lío porque perdió alguna vez la billetera, ya me gustaría verte a vos haciendo las operaciones financieras que hace él todos los días". Ella no podría, es cierto. No le interesan las finanzas, no es buena para la matemática, ni mucho menos la excitan los negocios como a su marido. Ella puede llevar a su hijo al colegio, ir a buscarlo a la salida, ayudarlo con la tarea, acompañarlo a la psicopedagoga, al médico, a cumpleaños, a practicar alguno de los tantos deportes que intentó hacer, y no mucho más.

Andrés se despide, le da un beso en la frente y se va. Dos minutos después entra otra vez a la habitación. "¿Qué te olvidaste?", le pregunta ella. "Sí", responde él, pero no aclara qué se olvidó. "¿Qué te olvidaste?", ella vuelve a preguntar. "Los zapatos", dice él, como quien dice la agenda o el teléfono. Andrés se calza sin soltar el maletín y se va, esta vez no repite ni el saludo ni el beso. Ella ya no puede contenerse, quisiera pero no puede, y cuando los pasos de su marido se alejan por el pasillo le grita desde la cama: "¡No te olvides de la reunión de hoy en el colegio!" Y después de su grito se produce un silencio, un espacio sin respuesta que a ella le hace pensar que Andrés, efectivamente, se había olvidado. Entonces él grita: "Era a las cuatro, ¿no?". Ella siente que se desbarranca por la ladera de un cerro lleno de piedras y tierra seca. Pero no lo trasmite en su voz, finge, y con el tono más calmo que puede emitir dice: "A las tres, Andrés, la reunión es a las tres". Y no sabe si él la escuchó o no porque no le contesta. Se oye el golpe de la puerta, el motor del auto y las ruedas avanzando por el camino de grava. Luciana, en un impulso, como si necesitara detenerlo, agarra el teléfono y empieza a escribir un mensaje donde le confirma otra vez el horario de la reunión. Pero no lo envía, se detiene, a tiempo. Lo va a hacer más tarde, cerca del mediodía, para no abusar ahora, para no fastidiarlo. Y sobre todo, por si metido en su vorágine de trabajo en un par de horas él se olvida otra vez.

A las once y media Luciana se levanta por fin. Se quedaría un poco más en la cama, pero tiene un almuerzo. No quiere ir y no le queda más remedio. Es con las madres del grado de Agustín. Desde hace años que trata de verlas lo menos posible. Muchas veces tuvo que escuchar alguna frase desafortunada con respecto a su hijo, dicha "con las mejores intenciones". En uno de los últimos encuentros ella reaccionó mal, lo que produjo una situación incómoda para todas. Reaccionó mal quiere decir contestó con firmeza. Contestó a una agresión dicha en tono suave. Pero fue ella la que subió el tono, algo que las buenas costumbres no aceptan. Ya no se acuerda qué fue lo que la hizo reaccionar así. Habían sido tantas las frases que le molestaron en estos años de escolaridad de su hijo que debería haberlas anotado para no olvidarse. "Yo te admiro, criar a ese chico es mucho trabajo",

"Lo vi muy agresivo el otro día en el colegio, ¿sigue tomando la medicación?", o "Qué maravilla lo que cambió Agustín con el tratamiento, es otro". Y debe haber sido eso, ese último comentario, tal vez el más inocente, el que la sacó de quicio. Porque si algo le duele a Luciana todavía hoy es que su hijo se haya convertido en otro. A ella no le molestaba cuando él se movía en la silla mientras cenaba, ni si la chocaba con torpeza al salir apurado, ni si hacía muchas más preguntas de las que otra madre y ninguna maestra podía soportar. A ella le gustaba más el Agustín que en medio de esa energía que a los demás tanto irritaba le decía: "Chau, mamá linda". Y ese Agustín no está más. Para seguir en el colegio donde todas esas mujeres con las que hoy va a almorzar mandan a sus hijos, él tenía que ser otro. Uno parecido a los hijos de ellas. Por eso hace tiempo que no las ve, porque sus comentarios, aunque se refieran al gimnasio, a la mucama o a la liquidación donde se compraron la mejor ropa de la temporada, no sólo la sacan de quicio sino que llegaron a producirle el mismo sentimiento que los olvidos de Andrés: ganas de matar a alguien. Tomar un revólver desarmado, acomodar sus piezas, cargarlo, guardarlo en la cartera y, en el momento en que con claridad y contundencia sintiera la necesidad de matar a alguien, hacerlo.

Esta vez va porque las madres del colegio se reúnen para organizar la fiesta de egresados de primaria. A ella le sorprendió recibir el mail con la convocatoria, en su época no se hacían fiestas cuando uno terminaba el colegio primario. Preguntó a un par de aquellas madres con las que mejor se llevaba, o de aquellas con las que no se llevaba tan mal, y le dijeron que ahora sí, que ahora la hacen todos. Si es así, si la hacen todos, ella y su hijo van a participar. Y Andrés. Pero a él le dirá una vez que esté todo cerrado, cuando haya que poner la plata para los gastos. Antes no, antes se va a ocupar ella, que es la que tiene más tiempo.

Llega unos minutos tarde y, aunque quedan algunos lugares libres al centro de la mesa, Luciana se sienta en una punta. Saluda agitando la mano en el aire y tira dos o tres besos a cualquier parte. Después de que cada una hace su pedido y mientras discuten si además de la fiesta mandan imprimir buzo o remera con el nombre de los chicos, ella le envía a Andrés el mensaje pendiente. Lo modifica un poco de manera que no parezca que lo envía para ver si él se olvidó o no, o si se equivocó otra vez con el horario o no. Escribe: "Estoy almorzando con las mamás del colegio. Creo que llego justo pero si no me ves en el estacionamiento no te preocupes, a las tres, tres y unos minutos a lo sumo, estoy ahí". En el momento en que levanta la vista del teléfono, una de las madres se está proponiendo como encargada para buscar fotos de todos los chicos desde sala de dos a sexto grado y hacer un "videíto". Ella sonríe y asiente; en cambio, la madre que está sentada junto a ella se queja: "Mejor las fotos de cada uno de los chicos te las mandamos nosotras, porque quizás vos seleccionás alguna que no nos gusta". Y otra se suma a la moción: "Además, hay chicos que no van desde sala de dos, y si usás sólo las del colegio van a aparecer muchas veces menos". "Yo propongo que cada chico aparezca tres veces, en foto grupal o individual, pero tres cada uno para que sea justo", dice la que está anotando los nombres de los chicos para estamparlos en la remera que todavía no acordaron hacer. A Luciana le parece que por fin todas coinciden y van a pasar a otro tema, pero entonces una madre a la que ve por primera vez en su vida dice: "¿Y si en vez de video hacemos un álbum de fotos, así como hacen en las universidades norteamericanas?". Entonces la discusión comienza otra vez. A las tres menos cuarto, Luciana se para, pide que cuando sepan le avisen cuánto hay que poner por la fiesta, el video y la remera, y que cuenten con ella para lo que sea, pero que se tiene que ir "porque llego tarde a otro compromiso". No menciona la reunión en el colegio. Abre la cartera, pesada, esa que hace tiempo que no cambia aunque no le combine con los zapatos, la única donde le entra todo lo que necesita llevar con ella, revuelve dentro con cuidado y saca los billetes aproximados como para pagar su parte. Le deja el dinero a la madre que tiene más cerca, saluda otra vez con la mano y una sonrisa. Pero antes de irse una madre la detiene: "¿Agustín sigue en el colegio el año que viene?". Y ella dice: "¿Cómo?". No entiende la pregunta. O no la quiere entender. Por qué no va a seguir su hijo en el colegio. Ya no podía tratarse como años atrás de que la reinscripción de su hijo peligraba porque alguna madre iba a quejarse por el comportamiento de Agustín. Eso no, hace rato que su hijo se porta bien. Desde que está medicado. Desde que dejó de decir "Chau, mamá linda". Porque ella y Andrés "colaboraron", así le dijeron en el colegio, "y eso, que la familia apoye en la formación de un chiquito, nosotros lo valoramos mucho". Andrés y Luciana lo llevaron a terapia, le hicieron estudios, tests, análisis, todo lo necesario hasta que les propusieron darle medicación. Y, por fin, también aceptaron eso, medicarlo, para colaborar, para que Agustín pudiera seguir en ese colegio, ser uno más, ser uno como todos. Ante su silencio la mujer repite la pregunta: "¿Tu chico sigue en la secundaria o lo pasás a otro colegio?". Y ella, que siente con claridad y contundencia ganas de matar a alguien, que tiene la necesidad de agarrar el revólver y dispararle a cualquiera de esas mujeres justo en el medio de la frente o, si tuviera la puntería suficiente, entre ojo y ojo, responde con la mayor calma que puede: "Sí, claro que sigue en el colegio". Se da cuenta, por la cara con que la miran las demás, de que esa mujer no es la única que sospecha que quizás Agustín haga el secundario en otro colegio, no en un colegio bilingüe, doble turno, exigente, el colegio al que sí van los hijos de todas ellas. Luciana, por ahora, no va a matar a nadie. Aunque quiera, aunque sienta el deseo. Sólo lo piensa, como lo pensaba su padre. "¿Para qué tenés ese revólver, Carlos?", le decía su madre cuando él lo limpiaba cada tanto y lo volvía a guardar, siempre sin balas, siempre escondido en el fondo del placard, siempre envuelto en un paño de fieltro. "Por si un día me decido y mato a alguien", contestaba él y todos se reían. "Sí, sí", dice ella otra vez, "Agustín sigue", y se va.

Maneja las pocas cuadras que la separan del colegio con ansiedad. Deja el auto en el estacionamiento y busca el de Andrés, pero no lo ve. Se inquieta. No puede llamarlo y preguntarle si se acordó, pero sí puede decir: "¿Por dónde estás?, ¿te espero para empezar?". Y eso hace. Él le contesta que está por el peaje, que lo espere. Y ella sabe que si Andrés dice que está por el peaje es que recién entró a la Panamericana y que todavía tiene para quince minutos más, si el tránsito lo acompaña. Luciana entonces camina despacio, deja que pase el tiempo, pero tampoco tanto como para retrasarse demasiado, no quiere que la directora se predisponga mal. A las tres y cinco se anuncia. "Andrés está llegando", le dice a la preceptora, "pero si están apuradas podemos empezar". A las tres y diez la directora la hace pasar. Dentro de su oficina ya están sentadas la maestra que está a cargo del curso y la psicopedagoga. Luciana se sienta en una de las dos sillas que quedan libres. "Mi marido está llegando", repite delante de ellas, "pero empecemos si quieren". "Bueno", dice la directora, y abre una carpeta que tiene frente a ella. Está a punto de seguir cuando Andrés entra sin golpear la puerta, con el celular en la oreja terminando una llamada, les sonríe mientras dice dos o tres frases más al teléfono, luego corta, lo guarda en el bolsillo, pide disculpas por el retraso y se sienta. Después de alguna broma más de su marido que las mujeres festejan, la directora le hace un gesto a la psicopedagoga para que empiece: "Lo primero que queremos que sepan es que estamos muy orgullosas del proceso que Agustín hizo en el colegio. Somos conscientes de que nosotros acompañamos desde acá y ustedes desde casa, con mucho esfuerzo y con muy buenos resultados".

Luego sigue la directora: "Agustín hoy es un chico muy querido, va a egresar de esta primaria con los mismos compañeros que tuvo desde sala de dos y eso para nosotros es muy importante, un logro de él y de todos". A pesar de los elogios, Luciana sabe que esto no va bien, lo intuye, nunca la llamaron a una reunión para elogiar a su hijo. Pero aún no tiene una señal clara, mucho menos contundente, por eso puede controlar que su mecanismo, por ahora, no se active. "Sí, sí", dice Andrés, "fue buenísimo". La maestra sonríe y asiente, pero enseguida mira el piso y mueve sus pies con incomodidad. La directora no deja que se instale el silencio y dice: "Sin embargo, también tenemos la obligación de decirles que nos parece que Agustín no va a poder hacer una buena secundaria en esta institución". Ahora sí Luciana siente que el mecanismo se pone en funcionamiento. "La currícula acá es muy exigente", dice la directora, "los exámenes internacionales, la carga horaria". Andrés se pone tenso, cruza los brazos pero deja que la mujer diga todo lo que tiene para decir. "Patricia", continúa la directora y señala a la maestra que levanta la vista un instante, la mira y enseguida vuelve a clavarla en sus pies, "tuvo que hacer un trabajo personalizado con él para que pudiera alcanzar las expectativas de logro de sexto grado". A Luciana se le aprieta el estómago; estruja contra él la cartera que lleva como si eso pudiera detener el dolor. Eso puede detener el dolor. La directora está diciendo algo, o repitiendo lo que ya dijo, Andrés la interrumpe: "Con el dinero que pagamos por mes lo menos que pueden hacer es un trabajo personalizado como el que se supone que hicieron con nuestro hijo hasta ahora, y en la secundaria aumentan bastante la cuota, así que seguramente podrán trabajar más y mejor". La directora está por contestarle pero en ese momento suena el celular de Andrés. "Perdón, creí que lo había apagado", dice él y atiende, "¡Hola!, sí… ¿quién es?". Después de dos o tres frases más, corta y entonces continúa la psicopedagoga con el discurso que evidentemente había preparado antes de esa reunión: "En la secundaria Agustín tendría catorce profesores y no hay un maestro a cargo del curso como sucede hoy con Patricia". "Ocúpese usted", le dice Andrés, "¿no se supone que está en el gabinete de no sé qué cosa?", y lo dice sin elevar la voz sino usando un tono parecido al que usó hace un rato la madre que le preguntó a Luciana: "¿Agustín sigue en el colegio?". "Nosotros queremos que su hijo esté bien", dice la directora, "todos queremos eso, ustedes también, pero estamos convencidos de que para que eso suceda lo mejor es buscar otro colegio para él, un colegio que le exija menos, que tenga en cuenta sus diferencias". "Ya no tiene diferencias", interrumpe Luciana por primera vez en la reunión. "Sí, sí", dice la psicopedagoga, "en cuanto a su comportamiento Agustín hizo un vuelco increíble y lo valoramos mucho; le sigue costando la parte académica, aunque va bien no llega a la altura del nivel de excelencia del colegio". "¿Nivel de excelencia?", dice Andrés y se ríe. "Mire, lo intentaremos, es nuestro riesgo y no creo que ustedes tengan argumentos legales suficientes". Y la palabra "legales" retumba en la oficina de la directora o eso le parece a Luciana, que cada vez siente el impulso con más claridad y contundencia. "Si no nos dan la vacante para el año que viene", dice Andrés, "pondremos un abogado y él se ocupará". La maestra de Agustín lo mira y luego mira a Luciana como si quisiera decirle algo, pero no se atreve y vuelve a bajar la vista. La directora dice: "Créame que esto es lo mejor para su hijo". "Créame usted", responde Andrés, "vamos a intentarlo". Luciana ahora apenas capta algunas palabras, lo único que la ocupa en este momento es ese deseo que tanto conoce: ganas de matar a alguien. El dolor que le atraviesa la columna vertebral y el estómago que se le retuerce. Y su cartera. La abre, desliza el cierre y mete la mano dentro en el momento en que la psicopedagoga dice: "Es que el nivel de concentración de Agustín no es suficiente, la medicación ayudó en la parte del comportamiento pero sigue teniendo problemas de concentración, no graves, pero limitantes". "Está triste", dice Luciana, pero nadie la escucha. Intenta decirlo más fuerte: "Está triste", repite casi en un grito. La maestra la mira. "¿Qué decís?", la reprende Andrés. "Esto no tiene nada que ver con la tristeza, esto tiene que ver con la pésima predisposición de este colegio para hacerse cargo de un chico que sale del estándar". "No es así, y usted lo sabe, nosotros siempre…", dice la directora. "Ya no sale del estándar", dice Luciana pero otra vez nadie la escucha, ni siquiera la maestra, porque para controlar el impulso ella aprieta demasiado los dientes cuando lo dice. "Yo lo que sé es lo que me va a decir mi abogado cuando salga de acá y lo llame", advierte Andrés. "¿Vamos?", le dice a Luciana, que aún no se mueve de la silla, y no es una pregunta sino una orden. Ella lo mira, luego a la psicopedagoga, luego a la directora y por último a la maestra. Los mira a todos, uno por uno. En la frente, justo entre los dos ojos, pero no se levanta de la silla todavía. Los demás la esperan sabiendo que necesita tiempo, aunque no saben para qué. "Agustín no es más diferente", dice Luciana, "ahora es como todos". Y por fin se para con la cartera abierta, su mano adentro, el dedo índice en el gatillo del que fue el revólver de su padre, armado y cargado. Con la mano y el revólver aún dentro, apunta a cualquiera, no importa a quién. Va de una frente a otra: Andrés, la directora, la psicopedagoga, la maestra. Esgrime una cartera que nadie sospecha lo que tiene adentro. Esta vez a lo mejor sí, a lo mejor junta el coraje suficiente.

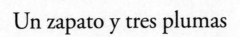

Un zapato y tres plumas

Entré al Gran Hotel Sarmiento, el único hotel en todo Unquito, sin quitarme los anteojos negros. Observé el mostrador desde lejos y esperé a que el conserje, un hombre con edad suficiente como para conocerme, se ocupara con otro pasajero. Recién entonces me acerqué al otro empleado, un chico que apenas habría terminado el secundario, y pedí la habitación que tenía reservada. No di mi nombre sino el de la empresa para la que trabajaba.

Subí yo mismo mis valijas y me instalé en la habitación. Me acerqué a la ventana pero dudé antes de abrir. Sabía que detrás de las cortinas me esperaba la plaza del pueblo. Moví el picaporte todavía dudando. Un viento frío me lastimó los ojos. Atardecía y los faroles de la plaza empezaban a encenderse, con ese color violeta que antecede a la luz de mercurio. Busqué el banco donde me había despedido de José, mi hermano mayor, hacía veinte años. Un banco de piedra. Le había regalado un caleidoscopio en esa despedida; José lo giraba a un lado y al otro mientras yo me iba por la diagonal de la plaza que va a la terminal de ómnibus, sin atreverme a darme vuelta y mirarlo. Muchas veces después me imaginé lo que vio José ese día: mis fragmentos repartidos y repetidos alejándose en distintas direcciones en el cristal del aparato.

Cerré la ventana y me tomé un momento para recordarme a mí mismo por qué estaba en Unquito, el lugar donde había nacido y al que juré no volver. Trabajaba para una empresa de programas de computación que me había enviado a revisar una instalación en la sucursal de un cliente. Cuando el gerente me dijo que tenía que ir al interior por un trabajo para el Banco Alemán, nunca sospeché que sería en Unquito. Uno no se imagina que lo que dejó atrás cambia. En el destierro los conocidos no envejecen, las casas no se deterioran, los árboles no crecen. Cuando dejé Unquito no había allí más que una sucursal bancaria, la del banco provincial, y supongo que no más que una o dos computadoras en todo el pueblo. Sin embargo algunas cosas habían cambiado, y ahí estaba yo tratando de minimizar la trascendencia del lugar donde me encontraba, repitiéndome una y otra vez que el único motivo que me había hecho quebrar mi juramento era conservar el trabajo.

Esa noche decidí no bajar a comer. Quería madrugar, terminar el trabajo cuanto antes y, si era posible, volver a Buenos Aires enseguida. Al otro día me levanté antes de que amaneciera. Cuando llegué al banco no había nadie más que el guardia de noche, y no me dejó entrar. Me pidió que volviera en una hora, cuando estuviera el gerente. Me puse a caminar; para hacer tiempo, me dije. Sabía que era más sensato volver al hotel, pero mis piernas avanzaban sin tener en cuenta estas consideraciones.

Desde la esquina de Roca y Alsina ya pude ver el cartel de la Bicicletería Rivera. Me acerqué unos pasos para observar la casa donde había nacido. La puerta al costado del negocio era otra, pero no dudé de que conducía al mismo lugar, la cocina con la mesa de madera maciza que la ocupaba casi por completo. La ventana del que había sido mi cuarto estaba cerrada. La de José dejaba ver luz a través de las rendijas. Podía reconocer la sombra de mi hermano moviéndose dentro de la habitación. Bajé a la calle para distinguir mejor. El sonido de la cortina metálica al levantarse me sobresaltó. Alcancé a ver la pierna coja de don Rivera, mi padre, con su zapato ortopédico, y sus brazos fuertes subiendo y bajando al compás de la cadena. Antes de ver su rostro di media vuelta y me fui.

Trabajé todo el día sin parar. A las ocho de la noche me di cuenta de que era imposible dejar el programa funcionando antes de que saliera el último micro para Buenos Aires. Decidí que era mejor descansar un poco y volver al día siguiente. Fui hacia la salida, había cambiado la guardia, el hombre me reconoció: "¡Marcelo, qué bueno tenerte por acá! ¡Qué contento debe estar Josecito! Y don Rivera... Saludámelos de mi parte".

Tenía un auto esperándome, pero lo despaché y caminé. Me fui pensando en José. No quería que al poco tiempo se enterara de que yo había estado en el pueblo. Una cosa es irse y nunca más volver, y otra muy diferente es ignorar. Yo le había dicho aquella tarde que nunca volvería a Unquito y él lo había entendido. Sin embargo, esto era distinto, yo estaba ahí, pensando en él como tantas otras veces, pero a pocas cuadras de distancia.

José era diez años mayor que yo. Fue la tabla a la que me aferré después de la muerte de mi madre. El más sabio de los dos a pesar de que su cerebro no funciona a la velocidad con que lo hace el del resto de las personas. También el más fuerte. El que podía llorar cuando hacía falta, y consolarme aunque yo no llorara. Y a quien abandoné una tarde en la plaza, dejándole a cambio un caleidoscopio.

Me senté en el bar del hotel a comer un sándwich. Varios empleados ya me habían reconocido, así que no intenté ocultarme. En ese mismo momento mi hermano estaría sirviendo la comida como lo hacía mi madre cuando éramos chicos, y como lo hizo José a partir de su muerte. Se me apareció la imagen de la mesa de madera maciza de la cocina de mi casa y quise borrarla pero no pude. Me acordé de mi madre, yendo y viniendo con las fuentes, de mi hermano y de mí sentados uno frente al otro, y del lugar vacío de Rivera, quien nunca se sentaba hasta que todo estuviera listo. Mi hermano y yo jugando, tocándonos por debajo de la mesa, haciéndonos cosquillas, hasta que el sonido del zapato ortopédico de mi padre, con una plataforma de madera que compensaba el largo de su pierna coja, avanzaba por el pasillo y nos paralizaba. En cuanto se escuchaba su paso obstinado, mi madre se volvía hacia nosotros, suave pero firme, y verificaba que nadie estuviera riendo. En la casa de los Rivera estaba prohibido reír. Él, mi padre, lo había prohibido después de un fuerte ataque de asma de mi madre que terminó llevándola al hospital. Rivera dictaminó que la risa podía provocarle otro ataque y, lo que era peor, la muerte, por lo que nadie se atrevió a contradecirlo. Hasta que apareció la risa clandestina. Una tarde, cuando Rivera ya estaba arreglando bicicletas, mi madre nos llevó al altillo. Dijo que quería enseñarnos un juego. Se ocupó de cerrar la puerta antes de empezar. Nos pidió que nos quitáramos los zapatos y las medias; ella hizo lo mismo. Sacó de su delantal tres plumas que le había robado al gallo del gallinero y las repartió. Tomó el pie de José y empezó a pasar la pluma muy despacio. José empezó a inflarse de ganas de reír pero no se atrevió a hacerlo. "No, mamá", decía. Yo estaba casi tan asustado como él, hasta que la miré a ella, que sonreía, y entendí. Tomé la pluma y le hice cosquillas a mi madre y ella rió abiertamente, hasta que le dolió el estómago. Yo me largué a reír detrás de ella, y entonces José, que todavía no entendía, también se rió. Nos reímos los tres hasta llorar. Nadie dijo nada. Nadie lo nombró. Los tres bajamos y volvimos a nuestras rutinas, pero a partir de allí apareció en casa la espera, la vigilia que terminaba cuando ella sacaba las plumas del bolsillo de su delantal, las agitaba en el aire para que las viéramos, y los tres subíamos al altillo a reírnos.

Me dormí a fuerza de whisky. Soñé con José. A la mañana siguiente pagué la cuenta del hotel y me llevé la valija al banco. Estimaba que luego de unas horas terminaría de instalar el programa y podría ir directo a la terminal. Me tomó más tiempo del previsto, pero a las siete de la tarde el sistema funcionaba como debía. Si me apuraba, alcanzaría el micro de las ocho. Cuando llegué a la estación el chofer ya estaba cargando bultos. Me asomé y vi que había varios asientos vacíos. Fui a la ventanilla a sacar el pasaje. Le pedí un boleto para el micro que estaba por salir. Y enseguida, sin pensarlo, le pregunté si había algún lugar donde dejar la valija un par de horas. El empleado me miró confundido. Repetí la pregunta y el hombre se limitó a contestar que sí y a extenderme el pasaje. "Entonces cámbieme este boleto por uno para el micro de las once". El hombre me miró mal pero lo hizo.

Caminé hasta la bicicletería y la observé desde la vereda de enfrente. En el cuarto de Rivera había luz, seguramente se estaba cambiando la ropa engrasada antes de bajar a comer. Me acordé del cuarto que él compartía con mi madre, con su cama de bronce y su colcha almidonada. Me acordé de la noche en que la oí quejarse y toser mientras él jadeaba. Me acordé del miedo que sentía y de cómo me iba haciendo cada vez más chico en mi cama. Hasta que hubo un silencio, y empezaba a lograr tranquilizarme cuando él gritó el nombre de mi madre. Y luego escuché su zapato ortopédico bajando apurado la escalera. Creo que se cayó, porque escuché un golpe seco, una puteada, y luego, después de unos minutos, el portazo. Me levanté y corrí al cuarto de mamá. Ella estaba allí, desnuda, muerta. José entró enseguida y me preguntó qué pasaba. No podía contestarle. Me quedé inmóvil junto a la puerta. Él me empujó y se tiró sobre ella, le hablaba, le decía que todo iba a estar bien, la tapó con una sábana. Lloró junto a ella. Hasta que entró Rivera con un médico y nos sacó a los gritos de la habitación.

Mi padre la hizo cremar y tiró las cenizas en el arroyo. No se lo perdoné nunca, necesitábamos una tumba. Yo tenía ocho años. Se lo dije a José y un día me llevó al altillo mientras don Rivera dormía la siesta. No subimos a reír sino a buscarla. También buscamos las plumas durante mucho tiempo, pero nunca las encontramos.

Toqué el timbre y José abrió la puerta. Se quedó mirándome, no podía reaccionar. Después me abrazó con todo el cuerpo, como le había enseñado mamá. Fuimos por el pasillo hasta la cocina. Creí que algunas cicatrices estaban cerradas, pero volver a ver la mesa de madera maciza me hirió como si no hubieran pasado veinte años. Había dos platos y José agregó uno para mí. Le dije que tenía poco tiempo, que el micro para Buenos Aires salía en un par de horas; pareció no escucharme. Ninguno pretendió abarcar lo inabarcable y no preguntamos por los años en que no nos habíamos visto. Hablamos como si lo hubiéramos hecho el día anterior, como si nos fuéramos a ver al día siguiente. Me acerqué al bargueño junto a la ventana. En el portarretratos con la foto de mamá José había enganchado las tres plumas. Lo miré. "No son las de mamá, son otras", me aclaró como pidiendo disculpas. Pasé el dorso de mi mano por cada una de ellas. "La comida ya está", me dijo. "En cinco minutos va a bajar papá". José se puso en su lugar y yo en el mío. Esperamos en silencio hasta que el golpe del zapato de mi padre empezó a oírse. Golpeé con la palma de la mano sobre la mesa, un golpe suave pero que alcanzaba para completar el silencio que dejaba la pisada con la pierna sana, mientras contaba cada uno de sus pasos, como cuando éramos chicos. Después de que murió mamá empecé a contar los pasos que daba Rivera desde cualquier lugar de la casa. José me miró y se sonrió. "Cincuenta y cinco", dije. "Cincuenta y cinco", confirmó José. La cantidad exacta de pasos de pierna coja desde que bajaba por la escalera hasta que se abría la puerta de la cocina. En el cincuenta y cuatro dejé de golpear. Se abrió la puerta y José dijo: "Mirá quién está, papá". Rivera se sorprendió, pero enseguida superó su asombro y se sentó a la mesa. "Hola", dijo. "Hola", le contesté. "¿Qué te trae por acá?". "Trabajo", le dije. Ese fue todo nuestro diálogo, después de eso seguimos hablando de las cosas que habla la gente cuando cena: del tiempo, de la economía, del campeonato de fútbol. Sonó el teléfono, José estaba sirviendo el postre y Rivera se levantó a atender, dijo que esperaba un llamado. Caminó los pasos que lo separaban del aparato y no pude evitarlo: golpeé con la palma sobre la mesa para completar el silencio de la pierna sana. José me miró, primero aterrado, después sorprendido. Mi padre se dio vuelta, incrédulo, sin dejar de avanzar hasta el aparato. Yo seguí golpeando. Atendió el teléfono sin dejar de mirarme. José sirvió el postre y me lo puso entre las manos para ocupármelas. Rivera cortó y volvió a la mesa. Yo dejé el postre y volví a golpear. Se paró en la cabecera de la mesa sin quitarme los ojos de encima. Yo le mantuve la mirada. "¿A qué viniste?", me dijo. "Vino por trabajo", se apuró a decir José. "¡¿A qué viniste, carajo?!", gritó, y dio un puñetazo rotundo sobre la mesa. Parecía que iba a decir algo más; lo vi gordo, viejo, hinchado de bronca. Fue entonces que empecé a reírme. José estaba paralizado, él furioso. Yo no paraba de reír. Se acercó y me tomó de la solapa. "¡En esta casa no se ríe!", me dijo mientras me sacudía. José trató de separarnos. Se ve que los años habían minado sus fuerzas porque terminó soltándome sobre la silla. Tambaleé y casi me caigo al piso, José me atajó. "Andate", me dijo Rivera antes de salir de la cocina. Sus pasos en la escalera se alejaron sin estridencia. José se puso delante de mí y me abrazó. Temblaba. Yo también lo abracé. Nos quedamos así un rato.

Tomé el micro de las once para Buenos Aires. Esta vez no quise que José me acompañara hasta la terminal. Me pregunté si aún conservaría aquel caleidoscopio. Por la ventanilla vi cómo quedaban atrás las luces del pueblo.

La madre de Mariano Osorno

"¡¡¡Goooooooooooool!!!", gritó Rodrigo después de clavar la número cinco en el ángulo izquierdo, y salió corriendo a buscar a sus compañeros para el abrazo. Pero no llegó, apenas empezó la corrida lo bajó un puntapié que lo alcanzó desde atrás y fue a dar justo al medio de su pantorrilla. Rodrigo cayó al piso y aunque se partía de dolor, giró sobre la espalda para ver quién había sido el hijo de puta. Y eso le gritó a Mariano Osorno, que lo miraba desde arriba con las manos en jarra, quejándose de que el pase había sido para él y que le había robado un gol que era suyo. "¡Hijo de puta!", gritó Rodrigo. "¡Hijo de puta!" Y estaba por decir hijo de puta una vez más cuando Mariano se fue sobre él furibundo y a las trompadas: "¡Mi mamá no es puta, mi mamá no es puta!". Lo de "mi mamá no es puta" a Rodrigo lo confundió. ¿Qué tenía que ver la madre de Mariano Osorno en todo esto? Por eso, por la confusión, le costó defenderse y la primera piña le dio de lleno en medio de la cara. La paliza no fue tan dura como habría po-

95

dido serlo porque enseguida vinieron sus compañeros a separarlos y un instante después estaba ahí Ayala, el entrenador del equipo, poniendo su pesado cuerpo entre los dos para que uno no llegara a tocar al otro. "Pero viejo, esto es fútbol, no boxeo. Las manos se las guardan, acá las cosas se arreglan metiendo goles, ¿me explico?", dijo Ayala con contundencia. "¡Me pateó la gamba!", gritó Rodrigo. "¡Todos los partidos me dice hijo de puta!", respondió Mariano Osorno. En cuanto logró que se quedaran quietos, y aunque quedaban como tres minutos para que terminara el segundo tiempo, Ayala dio por finalizado el partido con el objetivo de evitar más golpes. Y enseguida empezó a darles un sermón, a ellos dos pero también al resto del equipo, al que hizo sentar en semicírculo frente al banco de suplentes. Ayala les habló del *fair play*, de la violencia que "arrasa los estamentos de esta sociedad", de que "somos todos compañeros" y "esto es un amistoso, muchachos", de que venimos a competir pero también a divertirnos "sanamente". Sin embargo y a pesar de sus esfuerzos, en el medio del sermón Mariano Osorno se paró, agarró su bicicleta y se fue. Al rato Ayala dio la orden de retirada para el resto: "Vayan, que sus viejas los deben estar esperando con la *pastasciutta*". Y aunque ni Rodrigo ni sus amigos sabían qué era la *pastasciutta* empezaron a guardar los botines y las canilleras, y se fueron para sus casas. "Nos vemos el martes en el entrenamiento", gritó Ayala desde el banco vacío. Pero los chicos del equipo sub12 ya estaban atravesando el bar y el ruido de los socios compartiendo la típica picada "Club Moreno" del domingo al mediodía impidió que lo escucharan.

El episodio del puntapié y las trompadas posteriores habría caído en el olvido si no hubiera sido porque el martes siguiente, a la hora del entrenamiento, el padre de Mariano Osorno estaba parado, de traje y corbata, en la cancha del fondo. Tenía la cara apretada y se acomodaba el nudo de la corbata mientras daba unos pasos a un lado y al otro. A Ayala no le llamó la atención, no sabía quién era ese hombre pero no tenía dudas de que era el padre de un chico del equipo. Cada tanto aparecía alguno después del trabajo a mirar cómo jugaba su hijo. Le pasaba en el club y en todos los sitios en los que había trabajado como entrenador de niños y jóvenes. A él no le parecía mal que vinieran a acompañar a sus hijos, a ver cómo jugaban, pero le molestaba cuando le preguntaban: "¿Te parece que mi pibe tiene futuro, Ayala?". Y entonces él tenía que mentir o buscar una salida elegante, porque quién sabe si alguien tiene futuro o no. A él mismo le habían pronosticado un futuro en la primera división de algún club grande y había terminado entrenando inferiores de clubes de barrio. Los pataduras, estaba claro, no iban a hacer carrera futbolística, así que sus padres ni se atrevían a preguntar. El problema no eran ellos sino los que jugaban "lindo". Jugar lindo no alcanza. No importaba en qué club estuviera trabajando, con frecuencia aparecían padres que se equivocaban, que les ponían mucha presión a sus hijos y al entrenador. Eso a Ayala lo sacaba de las casillas. Respondía siempre lo mismo, "Yo la bola de cristal no la tengo, si no sería millonario y no estaría entrenando un equipo de inferiores *amateur*, ¿me explico?". Y de eso, de ver si su hijo tenía futuro o no, creía que se trataba la presencia del padre trajeado en la cancha del fondo antes del entrenamiento del martes.

Pero no. Cuando Rodrigo llegó con un par de amigos, el padre de Mariano Osorno se le fue al humo. "Escuchame, pendejo, no te vuelvas a meter con mi mujer porque la próxima vez yo te mato a trompadas, ¿me escuchaste? Te mato a trompadas", dijo, y mientras lo decía la cara se le ponía roja y la tensión en las manos, que movía como garras en el aire, mostraba que, si fuera por él, lo agarraba a trompadas ahí mismo, sin esperar una próxima vez.

Ayala vio el episodio de lejos sin entender qué pasaba. Primero pensó que el hombre podía ser el padre de Rodrigo, que había venido a zarandearlo por alguna macana, pero la cara de los otros chicos y su propio instinto le hicieron dudar, así que se acercó tan pronto como pudo. Para cuando alcanzó al grupo, el padre de Mariano Osorno ya se había ido. Los chicos trataron de explicarle. "Le dijo que lo va a matar a trompadas, profesor, que lo va a matar a trompadas", repetían con esas palabras y con otras parecidas. "¿Pero quién es?", le preguntó Ayala a Rodrigo. "No sé, yo no lo conozco, me dijo algo de la mujer". "¿Qué mujer?", insistió el entrenador cada vez más desconcertado. "Es el padre de Mariano Osorno", aclaró uno de los chicos, compañero de Mariano, porque ellos eran los únicos dos del equipo que iban al colegio nuevo, el que habían abierto hacía unos pocos años del otro lado de la avenida, en el que se inscribían los que recién se mudaban al barrio y no conseguían vacante en el colegio al que iban todos. Los chicos y el mismo Ayala giraron la cabeza buscando a Mariano. Pero Mariano todavía no había llegado. "¿Y qué pasó con la mujer?", preguntó Ayala. "Nada, si yo ni la conozco. Yo le dije hijo de puta al hijo cuando me pateó el otro día, a la madre no le dije nada". "Aaaaah", dijo Ayala, que por fin entendía. "Pero qué gente más sensible, así se hace difícil". Movió la cabeza a un lado y al otro con la mano en el mentón, como buscando una solución. "Vos quedate tranquilo, pibe, yo ya entendí, a lo mejor son extranjeros, qué sé yo, hay gente así, que es medio sensible con las palabras", dijo en el momento en que Mariano Osorno entraba con su bicicleta y se instalaba en la cancha sin detenerse en el grupo, como si supiera que estaban hablando de él. "Yo después le voy a dar una charla técnica al equipo y va a quedar todo clarito, quedate tranquilo." "¡Pero le dijo que lo va a matar a trompadas, Ayala!", volvió a la carga uno de los chicos. "Bueno, bueno, a la cancha", dijo el entrenador, y dio la charla por terminada.

El entrenamiento transcurrió sin mayores inconvenientes. Ayala se ocupó de que las posiciones de Rodrigo y Mariano fueran lo suficientemente distantes como para que no se tocaran ni con la mirada. Al terminar les dijo que se pusieran los buzos para no tomar frío mientras tenían "una charlita técnica que están necesitando como el agua, muchachos". Ayala empezó siendo abstracto, hablando de que las palabras a veces dicen lo que no dicen, que uno entiende una cosa y el otro le quiso decir otra, que hay metáforas, cosas que pueden malinterpretarse. Y después se fue un poco por las ramas abusando de todos los lugares comunes que le venían a la cabeza: que a las palabras se las lleva el viento, que él es un hombre de palabra, que no hay que empeñar la palabra, y que palabra va, palabra viene, a veces uno termina metido en un quilombo. Habló y habló pero lo cierto era que los chicos tenían cara de no entender qué les estaba tratando de decir. Entonces Ayala se cansó y optó por ser más directo, lo miró a Mariano Osorno y arrancó con otra estrategia. "Por ejemplo, cuando uno dice que alguien es un boludo, ¿uno está diciendo que tiene los testículos grandes?", preguntó, y dejó la pregunta en el aire para que alguno de los chicos la contestara. Pero ninguno parecía animarse. "¿Y? ¿Boludo es boludo?", insistió y dibujó con las manos dos bolas grandes. "¿Qué es un boludo?", preguntó al límite de su paciencia. "Un nabo", contestó uno. "Un idiota", sumó otro. "Eso, muy bien", se entusiasmó Ayala, "un nabo, un idiota, un pelotudo, digámoslo con todas las letras, pero no un tipo con testículos grandes. Si los testículos, un poco más, un poco menos, son todos iguales". Los chicos asintieron. "Bueno, entonces, pibes, cuando uno dice hijo de puta", y acá Ayala no dejó la pregunta en el aire sino que la respondió él mismo de inmediato para evitar idas y vueltas que pudieran embarrar la cancha, "uno no se está refiriendo a la madre de nadie sino al hijo, ¿me explico?", preguntó y miró a Mariano Osorno. "La madre es intocable, está intacta, cuando uno dice hijo de puta está diciendo que el otro es una porquería, una mierda, un reverendo sorete; entonces, no hay que ofenderse, porque nadie está hablando de la madre de nadie." Y como para cerrar y quedarse tranquilo insistió: "Se entendió, ¿no?". Algunos pocos chicos dijeron tibiamente que sí. Entonces Ayala fue por un sí más rotundo. "¿Se entendió o no se entendió?" Y esta vez el sí fue general pero no dejó de ser tibio. "La puta madre", dijo Ayala bajito sin intención de que lo escucharan, como si no hubiera podido evitarlo. "¡Me tiran un sí como si estuvieran gritando goooooool! Vamos otra vez. ¿Se entendió?" "Síííííí", gritaron por fin los chicos, que se querían ir de una vez a sus casas y así lo consiguieron. Todos menos Rodrigo, a quien Ayala le dijo que esperara un instante, que le quería comentar algo.

Ayala se sentó en el banco y le pidió a Rodrigo que lo hiciera a su lado. "Lindos botines, pibe", le dijo al chico, que tenía la vista clavada en ellos. "Mirá, entre nosotros, este chico es un naboletti, y el padre es un naboletti al cuadrado. Nadie con dos dedos de frente cree que cuando uno dice hijo de puta le está diciendo puta a la vieja. ¡Si uno no se mete con la vieja de nadie! Pero bueno, las cosas a veces son así, hay gente rara, hay gente sensible, como te dije, que no entiende, que está en otra frecuencia, ¿me explico?" Rodrigo asintió aunque a esa altura no estaba muy seguro de entender nada. "Mirá, yo te quiero pedir un favor personal. Vos, ahora, cuando vas a tu casa, no le digas a tu viejo que te vino a encarar este padre tan... confundido, ¿sabés? Yo al tipo no lo conozco, creo que son nuevos en el barrio, pero lo conozco a tu viejo de cuando jugábamos al fútbol juntos. Tu viejo es un calentón, lo va a cruzar mal, y esto va a terminar como el culo, con perdón de la palabra. ¿Me explico?" Rodrigo lo miró y no dijo nada, aunque el pedido lo puso en un problema. Él lo único que quería era irse a su casa para contarle a su papá. Pero se lo estaba pidiendo Ayala, que para colmo agregó: "Tu viejo lo va a cruzar mal y a mí me van dar una patada en el tujes, pibe. Vos quedate tranqui que yo me ocupo de este tema, a vos no te toca un pelo nadie, sobre mi cadáver que no te toca un pelo nadie. Pero a tu viejo dejémoslo afuera, ¿de acuerdo?". Y Rodrigo dijo sí, qué otra cosa podía decir. Ayala le dio unas palmaditas en la rodilla. "Buen chico, nos vemos el jueves. Buen chico."

Esa noche, en la cena, Rodrigo no le dijo nada a su padre, como le había prometido a Ayala. Pero uno de sus compañeros sí se lo dijo al suyo, y éste se lo dijo al día siguiente al padre de Rodrigo, que consiguió el teléfono del padre de Mariano Osorno y lo citó en el bar del club ese mismo jueves antes del entrenamiento. Los dos hombres se sentaron en una mesa junto a la ventana. Rodrigo y sus amigos estaban sentados en una mesa al fondo con el padre del chico que había dado la voz de alarma y que vino "por las dudas". Ayala se acodó en la barra y pidió una gaseosa, aunque hubiera dado lo que fuera por tomar una cerveza. Todos controlaban, a su manera, que los padres en cuestión no se fueran a las manos. Y escuchaban de a ratos, cuando la discusión subía de tono. "¿Vos querés que te haga una denuncia por amenazas a un menor de edad?", se le escuchó decir al padre de Rodrigo. Y al rato: "¿Vos sabés el quilombo que se te puede armar por decirle a un pibe de once años que lo vas a matar a trompadas?". El padre de Osorno dijo algo que sólo ellos dos pudieron escuchar y luego más firme: "¡Me sacaron de contexto!". "¡Qué me sacaron de contexto ni me sacaron de contexto!", gritó el padre de Rodrigo, "no hay contexto para 'te voy a matar a trompadas'". "No quise decir exactamente eso. Lo que pido es que no se vuelva a meter con mi mujer", trató de defenderse Osorno padre. "Pero qué mujer, ni qué mujer, macho, ¿vos nunca le dijiste hijo de puta a nadie?" "No." "Peor para vos, se ve que no jugás al fútbol." "Mirá, yo no le voy a pegar a nadie, yo soy un tipo pacífico..." "Vos no le vas a pegar a nadie porque si no terminás preso..." "No, no, tal vez fue una frase poco feliz, yo sólo quería que quedara claro que a mí y a mis hijos

no nos gusta que se metan con su madre..."
"Pero otra vez lo mismo, ¿qué madre?, son cosas que se dicen en la cancha, ¿a la cancha tampoco vas?" "Sí, pero no le digo a nadie hijo de puta." "Bueno, me cansé", dijo por fin el padre de Rodrigo, "vos decí o no digas lo que quieras, y yo te digo a vos dos cosas: una, te volvés a acercar a mi hijo y te denuncio, te denuncio por amenazas a un menor y andá a explicarle al juez que te sacaron de contexto; y la otra cosa, tratá de explicarle a tu chico qué significa hijo de puta porque el mío no se lo va a decir más, de eso me ocupo yo, pero en la vida se lo van a decir muchas veces y tu hijo va a sufrir al pedo si no lo entiende". Y con esa frase el padre de Rodrigo dio por finalizada la conversación, se paró, dejó unos billetes sobre la mesa para pagar el café que se tomó, miró hacia la mesa donde estaba su hijo, le guiñó un ojo y se fue. Al poco rato salió detrás de él el padre que había venido de soporte, y un poco después el de Mariano Osorno, con el traje arrugado y la cabeza gacha. Entonces Ayala se bajó del taburete y gritó a la mesa del fondo: "Vamos, chicos, a entrenar, que ya perdimos como diez minutos". Y el equipo se fue para la cancha del fondo a jugar a la pelota de una vez.

El partido del domingo estuvo bien, aburrido, pocos goles, pero los sub12 del Club Moreno ganaron y eso los alejó definitivamente del descenso. Al terminar, Ayala dio una charla de arenga: "Si jugamos así, hasta la punta no nos para nadie". No era cierto, habían tenido suerte, no habían jugado bien sino que el adversario había venido a la cancha con los suplentes porque reservaban a los titulares para un partido interprovincial que les importaba más. Pero a veces la ilusión de ser bueno ayuda. Los chicos pusieron los botines en sus botineros, se cambiaron la camiseta transpirada por una seca para no enfriarse como les exigía Ayala y se fueron camino a sus casas, no por la *pastasciutta* sino cada uno a lo suyo.

Todos menos Rodrigo. Cuando dio la vuelta a la esquina lo esperaba una sorpresa, una mujer que se le plantó delante de la bicicleta y le dijo: "Vos sos Rodrigo, ¿no?". Rodrigo tambaleó, pero logró bajar un pie del pedal y apoyarse con la bicicleta de lado. "Yo soy la mamá de Mariano. Sabés quién es Mariano Osorno, ¿no?" "Sí", dijo Rodrigo, y recién entonces pudo mirarla. La mujer era rubia, con un largo pelo ondulado que le caía en cascada sobre los hombros. Estaba pintada con exageración. Calzaba zapatos de un taco altísimo, a pesar de que vestía un short de jean muy corto y apretado, con el botón de la cintura desabrochado y el cierre unos centímetros bajo que le dejaba ver el ombligo. Llevaba puesta una musculosa blanca, ceñida al cuerpo, con un escote por el que se precipitaban sus pechos enormes y duros como una pelota de fútbol recién inflada. El algodón de mala calidad dejaba que se marcaran los pezones que apuntaban directo a los ojos de Rodrigo. "Yo soy una mamá, ¿sabés? Una mamá como cualquier otra". Rodrigo asintió como un autómata, aunque su propia madre no se parecía en nada a la madre de Mariano Osorno. Le corrió un frío por la espalda y entre las piernas le caminaban esas hormigas que le hacían levantar el pito algunas mañanas. Ella se agachó a juntar la mochila que había dejado en el piso y al hacerlo sus pechos rozaron el brazo con el que Rodrigo sostenía el botinero. "Una mamá como cualquier otra", dijo, y después de que se cargó la mochila al hombro se acomodó el corpiño sin disimulo. "Quería que lo supieras." Rodrigo se estiró la camiseta para tapar su sexo duro. "Cuando quieras vení a tomar la leche a casa, Mariano se va a poner contento", dijo la mujer, y por fin se fue. Él quiso subir a la bicicleta otra vez pero, después de dos intentos dolorosos y sin resultado, le pareció imprudente. Así que se fue a su casa caminando, arrastrando la bicicleta junto con los botines.

Ojos azules detrás del voile

Cuando Javier se empecinó en adelantar su casamiento casi ocho meses, nadie sospechó que la viuda de Santillán tuviera algo que ver en el asunto. Martita, más allá del apurón con el vestido, la fiesta, el tocado y demás detalles nupciales, se sintió halagada. La madre de Javier, que apenas empezaba a hacer el duelo por el futuro casamiento de su único hijo varón, se declaró ofendida y sólo volvió a hablarle el día de la boda. No faltó en el barrio quien asegurara que el motivo sería más que evidente en nueve meses. Se equivocaban los unos y los otros. Javier quería mudarse, cuanto antes, para no ver más a la viuda. Y necesitaba una buena excusa, una tan buena como su boda.

La viuda de Santillán había vivido siempre frente a la casa donde Javier había nacido, en diagonal, al lado de la tintorería. Una casa pegada a la vereda, con una pesada puerta de madera cuyos herrajes de bronce alguna vez habían brillado, y dos ventanas a la calle. Una de las ventanas, la del dormitorio, tenía siempre la persiana baja. La otra, la del comedor, estaba apenas cubierta con una cortina de voile, detrás de la cual la viuda se sentaba todas las tardes a mirar pasar a la gente del barrio. En sus épocas más sociables, ella sujetaba la cortina a un costado, con una agarradera con festón y borlas dorados, y miraba sin tamiz a través de la ventana. Otras veces apenas dejaba adivinar su presencia detrás del voile. Se la viera o no, siempre estaba allí, bordando en cañamazo o tejiendo crochet. Decían que no había lugar de la casa donde no hubiera una carpeta bordada o tejida. Salía sólo una vez por semana, los jueves, a hacer las compras al mercado, muy temprano, apenas abría, y no volvía a aparecer hasta el jueves siguiente. Hacía años que ya no barría la vereda, desde la vez que la tiraron al suelo para robarle una cadena de oro. En el barrio la conocían todos, pero nadie la quería. Vivía sola, era una viuda sin hijos. No la visitaban, ni siquiera para las Fiestas. Con la madre de Javier habían discutido hacía más de diez años y desde entonces se retiraron el saludo. Sin llegar a esos extremos, en algún momento, por algún motivo, grande o pequeño, todos habían tenido un entredicho con ella. Pero más allá de su carácter poco amistoso, y aunque nadie lo decía en voz alta, el verdadero motivo de tanta antipatía hacia ella era que la viuda, cuando todavía no lo era, había tenido un amante. Y no cualquier amante: el dueño de la ferretería y presidente de la Junta de Vecinos, un hombre también casado, pero con hijos, que después del escándalo se terminó mudando, unos días después de que su mujer, en medio de un ataque de nervios, le tirara a la calle el contenido íntegro de los cajones de clavos, tuercas, tornillos y artículos varios de la ferretería. En el barrio decían que los que se tendrían que haber mudado eran los Santillán. Algunos creen que fue su marido el que no quiso, otros que ella. Nadie sabe. Después de la del ferretero no se le conoció ninguna otra infidelidad, pero ésa fue más que suficiente para que el resto la aislara.

Se notaba que la viuda de Santillán había sido una linda mujer, aunque con los años su cara llena de arrugas profundas y gestos duros había hecho que sus ojos azules, lejos de agradar, dieran miedo. Como si acercarse a ellos fuera acercarse a un abismo. Como si esos ojos pudieran atrapar para siempre a quien fisgoneara en ellos. Eso era lo que sentía Javier cuando la miraba. No desde siempre, antes del accidente no recordaba haberla mirado. Y después, intentó no volver a mirarla. Pero sus ojos azules estaban indefectiblemente allí, detrás de la cortina de voile, observándolo, siguiéndolo, vigilándolo cada vez que entraba o salía de su casa. Y aunque quería evitarlos, lo atraían como un imán.

El accidente fue en febrero del 73. Javier acababa de cumplir veintitrés años y la viuda de Santillán algún número cercano a los ochenta. Martita venía insistiendo con lo del casamiento desde hacía tiempo y Javier había aceptado casarse a mediados del año siguiente. Era aceptar o pelearse, y él a Martita la quería. Javier trabajaba en una imprenta; lo habían ascendido a encargado, le habían aumentado el sueldo y hasta le habían dado una camioneta blanca. No se había atrevido a decir que no tenía registro de conductor, tal vez le hubiera costado el ascenso, y el examen lo daría en cuanto pudiera. Él manejar ya sabía. "Imprenta San Miguel", decía un cartel en letras verdes, estampado en las dos puertas delanteras, y abajo la dirección y el teléfono.

Javier estaba contento, hacía rato que no manejaba; desde que habían vendido el Fiat 1500, tras la muerte de su padre. Tenía un rato después del mediodía y pensó en darle una sorpresa a su madre, pero era primer martes del mes y se había olvidado de que su mamá ese día hacía la visita mensual al cementerio. Dobló la esquina y aceleró para ir directo a estacionar en la puerta de su casa. Iba atento, contento pero atento. El chico salió de golpe, de atrás de un camión estacionado, y Javier no lo vio sino hasta que lo tuvo encima del capot. Frenó, el chico estaba tirado en el piso junto al cordón de la vereda. No se movía.

Se acercó, no era necesario ser médico para darse cuenta de que estaba muerto. Una mancha de sangre empezaba a crecer a la altura de la nuca. No se atrevió a tocarlo. No sabía qué hacer, no podía moverse. Levantó la vista esperando que alguien lo socorriera. Pero hacía treinta y dos grados, y nadie caminaba por la calle a la hora de la siesta. Tal vez el ruido de los ventiladores y los turbos girando imparables hicieron que ningún vecino escuchara la frenada. O las chicharras. O los televisores encendidos. Lo cierto es que él estaba ahí, asustado, sin entender qué tenía que hacer, y algo, no sabía qué, un impulso, lo hizo subir a la camioneta y huir. Sólo cuando pasaba frente a la ventana de la viuda, vio que ella lo miraba, con sus ojos azules, parada junto a la cortina de voile.

Javier volvió a la imprenta y no dijo una palabra a nadie. Era ridículo no decir, si ella sabía. Se fue a hacer un reparto y ya no volvió; se pasó toda la tarde pensando, estacionado frente a una plaza. Había sido un accidente, lo sabía, y aunque no tenía registro y eso complicaba las cosas, no entendía por qué se había escapado, sin hacer nada, sin llamar a la policía. Si él no era así. Pero así fue. Recién a las cinco de la tarde juntó coraje. Antes de ir a la policía decidió pasar por su casa. Su madre ya sabría. La viuda de Santillán lo habría dicho y la voz debía de haber corrido calle

115

arriba. Era mejor dar la cara, o su madre no se lo perdonaría. Cuando dobló la esquina, esta vez caminando, sintió el horror de encontrarse con el cuerpo todavía ahí. Pero la policía ya lo había sacado, había vallado el sector con una cinta de plástico, y marcado con tiza el lugar donde había estado el cuerpo. La mancha de sangre, como un globo con su hilo, corría del sector desde donde había estado la cabeza del chico hacia abajo, siguiendo el desagüe natural de la calle. Javier entró a su casa y fue a la cocina. Su madre se dio vuelta, estaba pálida.

—Hijo… —dijo, y se acercó.

Javier quiso pedirle que lo abrazara pero no se atrevió.

—Mataron a un chiquito de seis años, casi en la puerta de casa. ¡No sabés qué feo! Suerte que el chico no era del barrio, que si no…

Javier se quedó esperando, confuso.

—La viuda llamó a la policía. Fue un taxi de Capital, que venía a lo loco. Ella lo vio, y hasta anotó que la patente terminaba en tres veintitrés. El atorrante ni paró, ¿podés creer?

Javier nunca supo por qué la viuda había hecho lo que hizo, ni entendió por qué él no había dicho una palabra. Las primeras noches no pudo dormir. Hizo todo lo posible por evitar a la viuda de Santillán, aunque sabía que lo que tenía que hacer era precisamente lo contrario: ir y hablar con ella. En cuanto pudiera lo haría. El primer día que la vio detrás de la ventana, casi cruza. La mujer lo miraba con los mismos ojos de aquella tarde, dos bolas azules en medio de una cara vieja. Bajó del cordón y dio un paso, pero se volvió, no pudo. Entonces ella levantó apenas su mano y lo saludó. Javier le devolvió el mismo saludo y siguió.

Lo saludó cada mañana cuando salía al trabajo, y cada tarde cuando regresaba. Javier nunca antes había notado que ella estuviera allí cada vez que entraba o salía de la casa. Quizá no estaba, o quizá sí, pero no sabía porque antes él no miraba. O no prestaba atención. O no se acordaba. Al tiempo la viuda empezó a salir a barrer la vereda, todas las mañanas, a la hora en que Javier salía. Y a tomar fresco en un banquito de junco, a la hora en que Javier regresaba. Nunca le dijo nada, sólo lo miraba, y luego levantaba la mano y lo saludaba. Él le devolvía el saludo, casi sin mirarla. Tratando de no mirarla. Sus gestos no eran marcados, pero Javier sabía que ella le sonreía. Una sonrisa simple, tímida, tal vez cariñosa. El problema no era la sonrisa sino sus ojos, de los cuales Javier no podía olvidarse. Hasta que un día la viuda se apareció en la imprenta. Le llevó una carpeta bordada en punto cruz. En letras doradas decía: "Lo hecho, hecho está". Lo miró con sus ojos azules, se la dio y se fue, sin decir palabra. Fue entonces cuando Javier pidió el traslado a la casa central de la imprenta, en la Capital. Y le dijo a Marta de adelantar el casamiento. Alquiló un departamento en Barracas y en menos de un mes estaba viviendo a más de cincuenta kilómetros de la viuda de Santillán.

Ya casi no la veía. Visitaba la casa de su madre, pero siempre en horarios diferentes, en días diferentes, para que la viuda no pudiera esperarlo. Algunas veces ella estaba allí, pero muchas otras no y eso empezó a aliviarlo. Poco a poco se fue olvidando de esa mujer. De día; de noche era otra cosa. Soñaba con la viuda, a veces varias noches seguidas, sobre todo cuando algo lo preocupaba. La soñaba como era entonces, la soñaba más joven, la soñaba como nunca la había conocido. Pero sabía que era ella por sus ojos, esas dos pelotas azules en medio de la cara que fuera. Se despertaba sobresaltado, a Martita le decía que había tenido una pesadilla, lo cual era cierto, pero no daba más explicaciones. En dos oportunidades Martita insistió vehementemente para que Javier viera a un médico. La primera fue cuando nació Manuel, el único hijo que tuvieron, y las pesadillas de Javier no dejaban dormir al chico. Y la otra varios años más tarde, cuando Manuel cumplió seis años, la misma edad de aquel chico que él había atropellado frente a la ventana de la viuda de Santillán, y entonces Javier empezó a soñar que ella se acercaba a su hijo y lo abrazaba. A pesar de la insistencia de su mujer, Javier nunca aceptó hacer una consulta con un especialista. Nadie mejor que él sabía por qué soñaba lo que soñaba.

Para cuando Manuel cumplió doce años, Javier apenas tenía pesadillas dos o tres veces al mes. Y probablemente hubiera seguido soñándola así o tal vez menos, quizás hasta algún día hubiera dejado de soñarla si no hubiera sido por ese sábado que fueron de visita a la casa de su madre. Él, como siempre, al bajar del auto la buscó de reojo en la ventana: la viuda no estaba allí. Entraron, su madre los esperaba con la comida lista. Javier estaba a punto de comer su segundo plato de ravioles cuando escuchó la sirena de la policía, muy cerca. Su madre enseguida aclaró:

—Vienen por la vieja de enfrente. La de Santillán. El jueves no fue al mercado y ayer le estuvieron tocando el timbre de la tintorería toda la tarde pero no apareció. Hoy el japonés llamó a la policía. Dice que no quiere esperar a que se llene el barrio de olor a podrido.

Javier se levantó como un resorte y salió. Manuel quiso seguirlo, pero Martita no lo dejó. En cuanto cruzó la calle un policía se acercó y le pidió que entrara con ellos como testigo. Necesitaban otro y agarraron a un pobre Cristo que pasaba por ahí. Forzaron la puerta. Los clavos de bronce saltaron con facilidad de la madera gastada. La viuda de Santillán estaba tirada en el piso, detrás de la ventana; en la caída había arrastrado con ella la agarradera dorada de la cortina. Tenía los ojos abiertos, azules y redondos como cuando lo miraba. Dos bolas celestes rodeadas de arrugas profundas. Un policía se agachó a bajarle los párpados. Javier, sin pensar, se le adelantó, apoyó sus dedos sobre la cara fría y los deslizó de arriba hacia abajo. La miró por última vez, los ojos azules habían desaparecido bajo los párpados muertos. Entonces lloró, y ese llanto le dio un alivio que juzgó obsceno.

Mañana

Baja la caja del altillo. Espera que los chicos estén durmiendo para hacerlo. ¿Te parece que es hora de ponerte a hacer eso?, le pregunta su marido. Ella no le contesta. Lleva la caja al living, junto a la ventana que da al jardín. Al mismo lugar donde siempre, cada 8 de diciembre, ella arma el árbol de Navidad. Los chicos, más que ayudarla, le habrían complicado la tarea. Su marido baja las escaleras y pasa hacia la cocina. Voy a tomar un poco de agua, dice. Ella saca primero la base, abre las cuatro patas y la apoya en el piso. El metal raspa la madera del parquet. Luego se dedica a las ramas, envueltas en papel de diario. Las desenvuelve. Mañana se van a enojar, los chicos se van a enojar. A sus hijos les gusta armar el árbol navideño, pero ella prefiere hacerlo sola. Por eso esperó a que se durmieran. No les dijo que hoy era el día. Cuando se despierten el árbol ya estará listo. Desde la cocina se escucha el sonido del agua que corre. Ahora ella engancha la primera fila de ramas en la base. Las abre. Trata de que queden derechas, parejas, equidistantes. Prefiere el enojo de sus hijos y no el propio. Lo maneja mejor; maneja mejor cualquier enojo que no sea el suyo. Coloca la segunda serie de ramas. Las abre. Las acomoda. "¿Tenés para mucho?", pregunta su marido antes de subir al cuarto. Ella no contesta. Ni siquiera lo mira. Sabe que cuando su marido pregunta "¿tenés para mucho?" es porque quiere sexo. Y ella no quiere. Por eso no contesta, se hace la que no lo escucha. Coloca la tercera fila de ramas. Algunas se desflecan y caen restos de plástico verde sobre el piso de madera. El año que viene va a tener que comprar otro árbol. Su marido repite la pregunta: "¿Tenés para mucho?". Ella esta vez lo mira, pero tampoco contesta. El año que viene; va a comprar un árbol nuevo el año que viene. Este año ya es demasiado tarde, hay demasiada gente en los negocios comprando adornos navideños y a ella no le gusta ir cuando hay mucha gente. El marido sube la escalera y desaparece. Arriba, una puerta se golpea con fuerza. Es él, ella sabe. Cuando algo se le atraganta, su marido golpea puertas. Ella sigue trabajando en silencio. Coloca la punta del pino; se le tuerce hacia la derecha. Hace años que se tuerce. Es más, el mismo diciembre en que compraron el árbol ya la punta estuvo torcida. El año que viene va a comprar otro árbol. Este año es demasiado tarde. Y hay mucha gente. Un chico llora. Uno de sus hijos llora. Se queda quieta, frente al pino todavía sin adornos. No quiere que el chico baje y la encuentre. Escucha los pasos de su marido, arriba, en el pasillo que va a los cuartos. Y voces. El chico se calma. Entonces ella vuelve a su tarea. Se aparta del pino, toma distancia para poder juzgar si todas las ramas están en su lugar. Alineadas, parejas. El marido ahora se asoma por la escalera, en calzoncillos. "¿No subís?", dice. Quiere sexo. Él no lo dice pero ella lo sabe. "En un rato", contesta. El marido sabe que ella no va a subir, el marido también sabe; cuando su mujer dice "en un rato", ella no sube. Se va enojado; aunque está descalzo, se sienten sus pasos pesados en la escalera, la humedad de la planta de sus pies en cada escalón. A ella no le importa. Espera otra vez el ruido de la puerta que se golpea. Pero esta vez ese ruido no llega. Quizá por el chico, para que no llore. O para que no se despierte otro. No le importa. Sólo le importa que el tiempo que le lleve a ella terminar de armar el árbol sea suficiente como para que el sueño venza el deseo sexual de su marido. Abre la caja donde están las bolas coloradas, todas iguales. Las cuenta. Cuenta las ramas. Las bolas son casi la mitad de las ramas. Las coloca rama por medio. Una sí, una no. Dos se juntan donde termina la ronda y eso le molesta. Quita una, pero entonces se juntan dos ramas desnudas. Gira el árbol para que esa falla quede contra la pared y no se vea. Cuando termine de adornar el árbol va a subir, entonces sí. Busca dentro de la caja la estrella que irá en la punta. Se sube a un banco. La coloca. La estrella se tuerce, junto con la punta, hacia la derecha. Una estrella dorada. Una estrella que fue dorada. Dos de las cinco puntas están raídas y se descubre el cartón gastado. El año que viene va a comprar otro árbol. Y adornos navideños. Y una estrella de mejor calidad. El año que viene. Cuando no haya tanta gente. Mañana va a hacer el amor con su marido. Tal vez. Va a dormir la siesta antes, así a la noche no está cansada y sin ganas. Va a dormir la siesta; sí, mañana. Y va a comprar un pino, el próximo año. Los chicos se van a enojar cuando se despierten. Pero el árbol va a estar listo y el enojo, al rato, se les va a pasar. Busca las luces. Las coloca abrazando el árbol, girando alrededor. Las enchufa. Las luces de colores se prenden y se apagan. Dentro de la caja sólo queda el pesebre. Una casa de madera. La Virgen, San José, una cabra y un burro. Y el niño Jesús en el moisés. Su suegra dice que el niño no se pone hasta la Nochebuena. Recién cuando dan las doce. Pero a ella no le importa. En su casa, en la que ella vivía con sus padres, el niño estuvo siempre en el pesebre, desde el mismo momen-

to en que se armaba el árbol. Un árbol más pequeño, sin estrella en la punta.

El año que viene va a comprar un pino navideño.

Mañana va a dormir la siesta.

Ahora no va a subir.

Todavía no.

El abuelo Martín

Pasa a buscar a su hijo a las nueve en punto, como cada sábado. Así lo acordó con Marina cuando se separaron. El niño se le abraza a las piernas en cuanto su madre abre la puerta. Casi sin más palabras que un saludo, ella le da su mochila. Hernán le pide una campera. "No creo que haga falta", dice ella, pero él insiste. No le aclara que llevará a Nicolás fuera de la ciudad, a la casa del abuelo Martín, donde la temperatura siempre es menor en unos grados. Para qué, ella empezaría con sus recomendaciones: que los caballos pueden patear al chico, que el estanque es peligroso, que no vaya a treparse a ningún árbol. Las mismas recomendaciones que daba cuando estaban casados y que hicieron que Hernán dejara de ir. Ahora que es tarde, se arrepiente. La muerte del abuelo Martín, tres meses atrás, canceló cualquier posibilidad de reparación.

Es un día de sol y la ruta está vacía. Hernán pone uno de los cedés preferidos de Nicolás, pero antes de salir de la ciudad su hijo ya está dormido. Siendo así, él prefiere el silencio y dedicarse a pensar en lo que tiene que hacer, su madre le encargó ocuparse de la venta de la casa. A él no le cayó bien el encargo; bastante tiene con sus cosas, pero era el candidato natural para la tarea y no pudo negarse. No sólo había sido el preferido de su abuelo, sino que además es arquitecto. Qué mejor que un arquitecto para poner a punto una casa que se quiere vender. En la familia se dice que Hernán es arquitecto por el abuelo Martín. Mientras sus hermanos y primos andaban a caballo o se metían en el estanque, él lo acompañaba en las múltiples tareas que le demandaba la casa. El abuelo tenía una empresa constructora y aunque no estudió arquitectura era como si lo hubiera hecho. Incluso mejor, muchas tareas las realizaba con sus propias manos: levantar una pared, pintar un ambiente, reparar los techos. Por el cariño que le tiene y si no fuera tan desastroso el estado de sus finanzas después del divorcio, lejos de venderla, Hernán se quedaría con esa casa.

Pasa la tranquera y se alegra de que su madre se haya ocupado al menos de deshacerse de los animales. Para él queda, además de las reparaciones, contactar una inmobiliaria, fijar un precio de venta, mandar a hacer una limpieza profunda. Sin embargo, Hernán tiene muy claro qué será lo primero: tirar la pared que su abuelo levantó en medio del living, una pared sin sentido arquitectónico que divide el ambiente en dos e interrumpe el paso. Levantada para tapar un dolor o fijarlo para siempre. Porque en medio de esa pared, frente al sillón preferido de su abuelo, cuelga el retrato de Carmiña Núñez, su abuela, a quien Hernán apenas conoció. Muchas tardes, cuando bajaba el sol, vio a su abuelo sentarse con un vaso de whisky frente a esa pared y admirar el retrato. Una mujer morena, bonita, luciendo un vestido de encaje blanco que tal vez haya sido el que llevó puesto el día de su casamiento. Pasaban los años y el abuelo Martín parecía seguir enamorado de ella, aferrado al recuerdo de su mujer muerta. O eso creía Hernán, hasta que un día se lo comentó a su madre. Ella puso mala cara: "De esa mujer yo no hablo". Entonces se dio cuenta de que casi nadie en la familia mencionaba a su abuela, sólo el abuelo Martín que, cuando insinuaban algún enojo, decía: "Todos hablan, pero nadie sabe". Muchos años después se enteró por una prima de que su abuela no estaba muerta sino que se había ido con otro hombre. Nadie supo más de ella, si formó otra familia en alguna parte del mundo, ni siquiera si seguía viva o no. Nadie volvió a mencionarla, excepto el abuelo. Para él ella seguía inmaculada, en su vestido de encaje con el que la contempló tantas tardes, frente a la pared que Hernán se dispone a tirar.

A poco de llegar, Nicolás ya se mueve en el lugar como si viviera allí. "¿Me querés ayudar?", le dice Hernán cuando pasa junto a él con las herramientas. "No", contesta el niño y se sube a la hamaca que cuelga de un árbol. Él se ríe, le gusta que Nicolás haga lo que tenga ganas. Entra a la casa, deja las herramientas junto a la pared y descuelga el retrato. Lo deja a un costado, ya verá cómo deshacerse de él más tarde. Toma cincel y martillo y empieza a golpear. Se pregunta si Marina, a pesar de haberlo negado, lo habrá dejado por otro, como hizo su abuela. El cincel se clava con facilidad, la pared es hueca. No le sorprende, no debía sostener nada, apenas un cuadro. Apoya el cincel y golpea otra vez, los ladrillos casi se le desarman en la mano. Y una vez más. Hasta que el cincel se engancha y queda atrapado. Hernán tira y la herramienta sale con un pedazo de encaje blanco, sucio, envejecido. Siente un mareo, como si el aire se hubiera enviciado con algo más que el polvillo, le cuesta respirar. Se detiene un instante a la espera de no sabe qué. Sus ojos clavados en ese muro a medio demoler. Y de repente, como si ahora sí lo supiera, rompe la pared con los puños, la desarma, va haciendo a un lado los pedazos, hasta que aparece el vestido de su abuela y su esqueleto sostenido por la tela que impidió que se convirtiera en un manojo de huesos. Se le nubla la vista. Busca luz mirando a través de la ventana.

Nicolás acaba de saltar de la hamaca y viene hacia la casa.

Bendito aire de Buenos Aires

Podría no haber llamado. Podría haber continuado todo el día con sus rutinas habituales, lo de siempre, trabajo, obligaciones domésticas, trámites varios. Hacía más de una semana que en la tintorería estaba listo el único traje que le quedaba bien a su marido después de haber adelgazado tanto. Ella le había insistido con que tenía que ponerse a dieta. Y él, más que nada por darle el gusto, se puso firme y bajó diez kilos que no le lucieron pero dejaron fuera de uso todos los trajes menos el del día de su casamiento. Era mediados de noviembre, así que sus hijos, con el poco entusiasmo por el estudio que les quedaba, definían en esos días si se llevaban materias o no, algo que influiría directamente sobre las vacaciones familiares planificadas en Brasil. Ella estaba harta de la playa, pero a qué otro lugar podía ir con Jorge y los chicos. En la editorial, al trabajo habitual se le sumaba la visita de Benito Landó, un escritor español que por razones literarias y de las otras no estaba entre sus preferidos. Sí estaba entre los preferidos de sus jefes, más aún, era el preferido dentro de los preferidos: el sesenta por ciento de la facturación anual de la editorial en todo el mundo se debía a lo producido por la venta de sus libros históricos, siempre adornados con una trama secundaria erótica y con alguna intriga policial menor pero suficiente para garantizarle un lugar en los principales festivales de novela negra del circuito europeo.

No había motivo aparente. Sin embargo a ella, ese preciso día, se le ocurrió llamar a Vanina. Fue un rato después de dejar a los chicos en el colegio, mientras tomaba un café y leía el diario en el bar donde solía hacerlo cada mañana antes de entrar a la editorial. Llamó, con la naturalidad de quien se acuerda de una amiga que hace tiempo no ve y la llama, sin un objetivo claro, para ver cómo está, qué es de su vida, nada importante más allá de la ceremonia del contacto que hace que una amistad perdure en el tiempo. Si hoy ella quisiera recordar por qué ese día Vanina Sarásuri se le cruzó por la cabeza, no podría. Le apareció su cara, o su nombre, el recuerdo de viajes compartidos a festivales literarios, el libro que le había prestado y que aún no le había devuelto. Vanina no publicaba en la editorial donde ella trabajaba, así que tampoco esa aparición tenía un motivo laboral. Pero ante lo imprevisible e inevitable de esa imagen que irrumpió, se dijo: "¿Cuánto hace que no hablo con Vanina?, ¿un mes?, ¿dos meses?". Y con el último resto del café en la boca se puso a hacer cálculos en el aire. Cinco meses, porque la última vez que se habían visto había sido en el Festival de la Palabra de Bogotá. Sí, ahí. Ella no sabía que su amiga estaba invitada. Debería haberlo sospechado: aunque Vanina no tenía muchos lectores, ni la crítica especializada se había ocupado de ella sino como de una integrante más de su generación, ese año fue la escritora más solicitada, la figurita difícil después de que Cándido Garibaldi, eterno candidato mexicano al premio Nobel de Literatura, dijera que era la mejor escritora viva de habla hispana. Ella, en cambio, había ido porque se presentaba una antología poética que su editorial había publicado poco tiempo antes y que por el momento no había logrado una reseña en ningún suplemento cultural. Sus jefes tenían la esperanza de que la participación en el festival bogotano, uno de los de moda en el circuito, le diera al libro alguna presencia en el mundillo literario, lo que les permitiría, aunque fuera, cubrir los gastos de edición. A Vanina la encontró la primera noche, en una cena de honor para todos los participantes del festival. Le habían asignado una mesa mucho más importante que la suya. "La mesa de los figurones, un aburrimiento supino", le había dicho su amiga cuando se mudó a su lado, sin que ella se lo pidiera, en una mesa apartada del centro de la escena. Llegó arrastrando una silla, el plato y los cubiertos. Esa noche se quedaron charlando y tomando vino hasta tarde en el patio del hotel de Vanina, y luego ella la acompañó a su habitación y la metió en la cama; cuando su amiga tomaba de más no podía consigo misma. Le sacó los zapatos, la tapó con una sábana, le acomodó el pelo sobre la almohada y se fue a su hotel.

Pero eso había sido cinco meses atrás y ese día, cuando sin más explicación que el azar o la desgracia, antes de entrar a la editorial, marcó su número y esperó con una sonrisa, anticipando el "Hola, ¿cómo estás?" con que Vanina respondería a su llamado, su amiga no atendió. No le dejó mensaje. Seguramente, cuando Vanina viera la llamada perdida le contestaría. Pagó el café y subió a su oficina. Liquidó algunos temas pendientes, contestó mails atrasados, logró cerrar un presupuesto que se excedía de lo previsto en varios rubros y terminó de resolver la campaña de un libro de investigación periodística que a ella le parecía un bodrio. Estaba apurada porque después de almorzar tenía que pasar a buscar a Landó por el hotel y llevarlo a un programa de televisión. Cerca de las doce volvió a llamar a Vanina. El teléfono sonó varias veces y esta vez dejó mensaje: "Hola, linda, cuánto tiempo hace que no sé de vos, llamame". Reflexionó un rato acerca de por qué esperaba con tanta ansiedad que le devolviera el llamado si no había entre ellas ningún asunto urgente, si incluso hasta hacía unas horas ni siquiera se le había cruzado por la cabeza Vanina Sarásuri. No encontró motivo, sino la evidencia de que lo que importaba ya no era el llamado sino la falta de respuesta. A la una probó otra vez. No dejó mensaje de voz, pero cuando cortó le mandó uno de texto. A lo mejor Vanina era de las que nunca revisaban su buzón de voz, pensó. En realidad no lo sabía, hasta ahora siempre que la había llamado su amiga la había atendido. Esta vez, para asegurarse de la recepción, no le pareció de más mandar también un texto.

Landó la esperaba en el lobby. Estaba tenso, se quejó de que nadie le había mandado "lo que he solicitado". Y aunque a ella no le había pedido nada, supuso que se trataba de cocaína o de mujeres, las dos debilidades de Landó. Le envió un mensaje de texto a su jefe: "Landó se queja de que no le mandaron lo que pidió". Revisó de paso si no había respuesta de Vanina; a lo mejor su mensaje ya había entrado y ella no lo había escuchado, concentrada en Landó y en sus quejas. Pero no. Llegaron al canal con el tiempo necesario para que Landó se maquillara. En el set no había señal. La entrevista se demoró, pero a ella le pareció imprudente dejarlo solo. Ni bien salieron revisó otra vez los mensajes. Había uno de su jefe: "Decile a Landó que esta noche, cuando lo pase a buscar para ir a cenar, le llevo lo que encargó". Cocaína entonces, pensó, no lo veía a su jefe bajando del auto con mujeres para su escritor estrella. Y menos que fueran a cenar en patota.

La agenda de Landó estaba cargada: una entrevista telefónica con una radio y dos entrevistas para suplementos culturales en el bar de una librería. De la agenda cargada él no se quejaba, más bien lo contrario. "A eso vine, a que se vendan mis libros". La entrevista para la radio la hicieron desde su teléfono ya subidos al taxi. Ni bien cortó ella chequeó los mensajes. Ninguno nuevo. Se preguntó si Vanina podía estar enojada. Empezó a barajar distintas hipótesis. ¿Podía haber dicho algo que le hubiera molestado? ¿Cuándo? ¿En qué circunstancia? No, imposible, ella jamás habló ni hablaría mal de Vanina, no tenía motivos. Landó bajó la ventanilla y se puso a respirar "el bendito aire de Buenos Aires". Al escritor le gustaba el juego de palabras: aire, Buenos Aires. Ella le sonrió; era una suerte que ese hombre fuera de poco hablar, al menos con ella. Tal vez había trascendido el romance clandestino que Vanina mantenía con el director de otra editorial, casado él, y pensaba que había sido ella quien cometiera la infidencia. No, lo descartó también, si hubiera trascendido ese romance a ella le habría llegado el chisme, el mundo literario en el que se movían era pequeño y ávido de noticias de amores prohibidos.

En eso pensaba, en la pequeñez y la avidez del mundo literario al que pertenecían, cuando llegaron a la librería para las entrevistas. Landó entró delante de ella, la espalda erguida como si estuviera montado sobre un caballo, mirando a un lado y otro para ver si era reconocido. Por suerte la librería había puesto sus obras en lugar destacado y una gigantografía con su foto en medio del pasillo principal, así que rápidamente se le acercaron varias mujeres para pedirle que les firmara lo que fuera: libro, servilleta, el ticket del estacionamiento. La cita con los periodistas era en el bar, al fondo del salón. Pero ella bien sabía que en ese lugar no había buena señal. Así que sentó a Landó frente al periodista y se excusó: "Me voy, así los dejo charlar tranquilos". No había mensaje, casi un día entero sin respuesta no era un código habitual entre ellas. Tampoco era que se comunicaran tanto, pero cuando lo hacían, cuando alguna llamaba, la otra respondía de inmediato. Debe estar fuera del país —pensó en algún momento como una iluminación— presentando su nueva novela apañada por los dichos de Garibaldi. Llamó a una colega en la

145

editorial que publicaba a Vanina. No sabía con qué pretexto iniciaría una charla, pero en cuanto la atendió le habló como si supiera: si ellos iban a participar en la Feria de Santiago de Chile, si llevaban stand propio, quiénes viajaban, que sería bueno coincidir en el mismo hotel. "Vanina seguro irá a presentar su novela, ¿no? De hecho debe andar como loca presentándola por todas partes", logró meter entre tanto comentario inútil. "No, este año no quiere viajar más, dice que de Buenos Aires no se mueve por los próximos seis meses." "Ah, yo la suponía en alguna otra parte." "No, y mirá que invitaciones no le faltan. Que disfrute estar un poco tranquila, que con el espaldarazo de Garibaldi ahora su libro se vende solo." "Me imagino." "Nos vemos en Santiago." "Sí", dijo ella, aunque no tenía idea ni siquiera de si su editorial iría ese año a la feria.

Vanina no estaba fuera del país, estaba tranquila porque a su libro le iba fantástico, la vida le sonreía. Ahora que Garibaldi le hizo crecer las tetas, la escritorcita no contesta, ¿pero por qué mierda?, se preguntó en el instante en que el periodista que seguía en la agenda se acercaba y le daba un beso. "¿Ya está desocupado?" "¿Quién?" "Landó", dijo, y se sonrió, "a esta altura del año estamos todos quemados, ¿no?". "Ah, sí, sí, bah, creo, estaba con otra entrevista, te acompaño". Cuando llegaron al bar el periodista anterior había desaparecido y Landó se sacaba fotos abrazado a dos mujeres que ardían de admiración. ¡Landó!, pensó ella. Vanina despreciaba a Landó, consideraba que su literatura no merecía el éxito que tenía, se lo había dicho varias veces antes de que apareciera Garibaldi: "Yo no vendo un libro y mirá este pelotudo". Sospechó que tal vez su amiga estaba molesta porque ella lo acompañaba a todas partes. Pero promocionar a Landó era su trabajo, Vanina no podía reprocharle eso, no era de ese estilo de persona. Llamó otra vez, dejó sonar todas las veces posibles hasta que saltó el contestador y no dejó mensaje. ¿Y si fuera al revés?, pensó, ¿y si Vanina, a pesar del desprecio, quería que ella le presentara a Landó, que tenía tan buenos contactos en Europa? Al día siguiente había un almuerzo con unos pocos escritores, casi todos de la editorial, a lo mejor Vanina se enteró y se ofendió porque no había sido invitada. Agarró el teléfono en el momento en que entraba la llamada de uno de sus hijos, la canceló sin atender, marcó el número de su amiga y esperó a que saliera el contestador: "Hola, Vani, ¿cómo estás, linda? Mañana, en la editorial, hay un almuerzo con Landó, sé que no es de tus colegas más admirados pero a lo mejor te divierte conocerlo, ¿querés venir? A mí me encantaría que vinieras. Llamame. Te quiero, amiga". Un mensaje demasiado largo, pensó, pero no podía dejar margen para otro equívoco.

Cuando Landó terminó la última entrevista lo acompañó al hotel y luego se fue a su casa, otra vez sin retirar el traje de la tintorería. Los chicos miraban televisión. Lautaro finalmente no se llevaba materias, pero Gastón se llevaba cinco. "Ah, qué bueno", respondió sin ironía, ausente. Gastón se la quedó mirando. "Cinco, mamá, son un montón, y dos a febrero", repitió su hijo. "Dos a febrero, mamá", reforzó Lautaro, enojado, y entonces ella reaccionó y empezó a los gritos: "¿Cómo que cinco, cómo que dos a febrero?". "Te lo acabo de decir", respondió Gastón. "¿Te das cuenta de que con eso arruina nuestras vacaciones, mamá?", dijo Lautaro y se puso a discutir con su hermano. Ella ya nos los podía escuchar. Se fue, subió las escaleras, dio un portazo y se encerró en el cuarto. Revisó los mensajes, nada. Mandó un nuevo mensaje: "Perdoname que insista, linda, pero tengo que confirmar los lugares en el almuerzo de mañana, ¿te cuento?". Ni bien terminó de escribirlo se obligó a apagar el teléfono, no quería seguir pendiente de Vanina. Se dio una ducha y luego bajó a preparar la comida. La cena fue difícil, su marido trató de poner paños fríos sobre el asunto de las vacaciones: "Podemos tomarnos unos días en marzo después de que Gastón apruebe todas las materias". "¿Y yo por qué me tengo que ir de vacaciones en marzo si no me llevé ninguna?", se quejó Lautaro. "No seas garca", le dijo Gastón. "Garca sos vos, que nos cagaste las vacaciones." "Basta, por favor", pidió Jorge. "¿Vos qué pensás?", le preguntó a ella. "¿De qué?" "De las vacaciones." "Ah, lo que vos decidas está bien", dijo. Lautaro y Gastón se tocaron por debajo de la mesa limando asperezas ante la sorpresa que les provocaba la actitud de su madre. Jorge la miró esperando una respuesta. "Me voy a acostar, me duele la cabeza", se disculpó ella y se fue al cuarto. Encendió el teléfono, nada. Tomó algo para dormir, y durmió.

Al día siguiente pasó a buscar a Landó por el hotel para llevarlo a la editorial. Se lo veía rozagante. Debía de haber pasado una buena noche. Dudó si llamar otra vez a Vanina. Le escribió un mail, tal vez no le andaba el teléfono o había cambiado la línea. Escribió más o menos lo mismo que ya había dicho: "Hola, amiga", etcétera, etcétera, y la invitó al almuerzo. Antes de firmar también repitió "te quiero". Y envió. Al llegar a la editorial le pidió a su asistente que chequeara con los invitados si vendrían, e incluyó a Vanina en la lista. Esperó lo que pudo. Llamó a la asistente para verificar si había confirmado las invitaciones. Le faltaba contactar a un par de escritores. "¿Vienen todos?" "Sí, menos Ricardo Anua y Vanina Sarásuri". "Ah, Vanina no". "Dijo que ayer recibió los mensajes pero que tenía otro compromiso". "Recibió los mensajes", repitió ella. Los recibió pero no le contestó. La llamó otra vez. Sin respuesta. No encontraba explicaciones. Hubiera preferido no tener que comer con Landó y sus invitados pero no había excusa posible. En medio del almuerzo, uno de ellos mencionó a Vanina y ella se puso alerta. Dijo que la había visto hacía unos días, que estaba espléndida. Landó escuchaba pero era evidente que no sabía de quién hablaban ni le importaba. Ella miró el teléfono. Vanina debería haberle contestado el llamado. Aunque fuera por educación, por cortesía. No, "el llamado" no, los varios llamados. Pensó en escribirle y decírselo, en mandarle un mail correcto, educado, sobrio, pero donde no quedara duda de que se estaba comportando como una reverenda hija de puta. ¿Qué le había hecho ella para que la tratara así? No lo hizo. "Esta tarde participa en una mesa con Obligo y Marcus, en el Malba", agregó el que hablaba de Vanina. El horario de la mesa coincidía con la de Landó. Le pidió a su jefe un reemplazo, él la miró con asombro, no podía haber nada más importante para ella que la presentación de Landó. "¿Algo grave?", le preguntó. "No, grave no." "Entonces olvídalo."

Fue a la presentación y se ocupó de que empezara puntual, aunque por usos y costumbres en Buenos Aires ningún evento literario empieza sino con media hora de retraso. La sala estaba semivacía y eso puso a Landó de muy malhumor, pero a medida que corrían esos treinta minutos los lugares se fueron completando, hasta que quedó gente de pie. "Vengan, avancen", decía Landó, ahora orgulloso, y los invitaba a que se sentaran en el pasillo. Quince minutos antes de que la presentación terminara, ella le dijo a su asistente que se tenía que ausentar por un rato, que se ocupara de la firma de libros, y que si todo estaba bien la encontraba en la cena. "¿Algo importante?", preguntó la asistente, y esta vez dijo que sí, no se trataba de su jefe pero tampoco era cuestión de dar un mal ejemplo, "lo resuelvo rápido y vuelvo".

Paró un taxi y le dijo que fuera al Malba. Le indicó qué camino tomar. Cuando llegó, la charla estaba terminando. Se sentó en la última fila. Vanina brillaba en medio de los otros dos oradores, radiante como siempre o más. Ella en cambio se sentía una piltrafa. Sacó un rouge de la cartera y se retocó los labios, se acomodó el pelo con las manos abriéndolo para que no pareciera tan aplastado. Menos de cinco minutos después el presentador dio por finalizada la charla, los escritores dijeron muchas gracias, saludaron y la gente aplaudió. Ella no se movió de su asiento. Vanina fue avanzando hacia la salida en medio de gente que le acercaba su libro para que lo firmara. Cuando pasó a su lado la vio, le sonrió sorprendida. "Hola", dijo, "¿cómo estás?", y se inclinó para besarla. Su corazón se detuvo un instante y luego se aceleró. No está enojada entonces, pensó, y sintió alivio, pero no atinó a decir nada. Vanina fue la que dijo: "Nos vemos", y se dio vuelta a saludar a alguien que le tiraba de la manga. No mencionó los mensajes, ella tampoco. No dijo algo concreto, por ejemplo "Te llamo la semana que viene y comemos", ni "Hola, linda, te quiero", dijo sólo "Nos vemos". Pero a ella le alcanzó. Si Vanina la había saludado y le había dado un beso, entonces todo estaba bien.

Miró la hora, qué pena, ya no tenía tiempo de pasar a buscar el traje de Jorge. Salió y paró un taxi. Mientras viajaba por Libertador para sumarse a la cena de Landó, bajó la ventanilla y respiró el aire de Buenos Aires como lo había visto hacer a él. Tal vez tenía razón y ese aire era distinto. El bendito aire de su ciudad. Quién sabe, uno no sabe tantas cosas. Sólo unas pocas. Si Vanina no la llamaba en una o dos semanas, la llamaría ella. O le mandaría un mensaje.

Carla y Rubén, estilistas

A quien se le ocurrió la idea de la colección fue a ella. Pero también es cierto que quien la hizo crecer fue él. O al menos hizo crecer el mito. Así que cada uno tuvo su mérito y los méritos son muy difíciles de repartir.

Todo había empezado unos pocos años antes. A la peluquería no le iba bien. Dejó de irle bien cuando a tres cuadras pusieron otra, moderna, que pertenecía a una cadena para la que no importaba el nombre del peluquero sino el de la empresa: Magic. La de ellos, instalada delante de su propia casa, conservaba el nombre que tuvo siempre: Carla y Rubén, estilistas. La nueva tenía una máquina expendedora que ofrecía no sólo café en sus distintas variedades sino también chocolate. Y revistas recién salidas cada semana. Y grandes fotos de mujeres famosas peinadas en la peluquería, aunque no estrictamente en esa sucursal; por la zona no pasaba nadie con fama, al menos no con fama de la buena.

Carla conocía a las clientas del barrio y sabía que no iba a ser fácil competir con la foto gigante de la actriz de la telenovela de moda, con sus rulos brillantes recién hechos. En eso pensaba mientras barría el pelo muerto desparramado por el piso, antes de dar por finalizado el día. Entonces fue que vio el mechón y tuvo una intuición. Largo, ondulado, colorado, grueso. En lugar de barrerlo lo levantó, le puso una gomita en una punta para que no se desarmara y lo abrochó en una tarjeta blanca. Pensó un rato, descartó algunas alternativas y por fin escribió: *Gracias, Rubén, si siguiera en el país no dejaría que mi cabeza pasara por otras manos. Un beso y este recuerdo.* Y debajo del texto una firma lo suficientemente garabateada como para que cada uno pudiera imaginarse lo que quisiera. Luego lo pegó en el espejo y se fue para su casa.

Al día siguiente no dijo nada y esperó. Recién la tercera clienta advirtió el rulo colorado en el espejo. Rubén no había llegado a la peluquería. La clienta preguntó de quién era y ella dijo que no podía revelar el nombre de la dueña original, pero que ahora era de Rubén. Y luego, en voz baja, como si se estuviera excediendo con sus revelaciones, dijo: "Y ese no es el único mechón". Prometió que poco a poco ella iba a ir trayendo otros de la colección. Si Rubén no se enojaba, claro. Que sí, que hay una colección completa, hecha a lo largo de tantos años de peluquero, de sus viajes cuando iba a cortar y peinar a otras ciudades.

El rumor corrió. Carla fue agregando mechones y tarjetas blancas con firmas ambiguas. Rubén al principio no estaba seguro de seguir el juego, pero empezó a notar que las clientas lo miraban de otro modo. Y eso sí que era una novedad, él nunca había llamado la atención de las mujeres. Habilitaron un cuarto que usaban de depósito y allí instalaron "la colección completa". Al tiempo empezaron a cobrar entrada. Más cara, si la clienta quería entrar al depósito con Rubén y él le contaba la historia de algunos de los mechones. A ese servicio lo llamaron "visita guiada". Había una serie de bonificaciones de acuerdo con lo que la interesada hubiera gastado ese día en servicios más tradicionales: corte, brushing, tintura. Una clienta de años, que tenía mucha confianza con Carla, le preguntó si no le daba celos que su marido tuviera tantas historias con mujeres. "Son mechones, no historias", respondía ella casi olvidando que también la procedencia de los mechones era mentira. El asunto cambió cuando un día vino una clienta a pedir turno para que Rubén le cortara un mechón y lo incluyera en la colección. Por qué no, se dijeron. El ingreso extra no les vendría mal. Montaron otra escena: Rubén se encerraba con la clienta en cuestión en el depósito, prendía un sahumerio, ponía algo de música y, con la tijera de filo dulce, cortaba. Luego la clienta escribía la tarjeta, ellos clavaban el mechón y ella se iba. La ceremonia fue un éxito, hasta vinieron mujeres de otros pueblos. A ese servicio lo llamaron "camino de iniciación".

Rubén trabajaba cada vez más. Carla se ocupaba de la limpieza; mantenía la colección impecable, a pesar de que no era fácil sacarle el polvo a esos mechones sin que se desarmaran. Y sin quejarse. El día que encontró una bombacha no dijo nada, pero al tiempo encontró otra. Carla empezó a darse cuenta de que cuando Rubén se encerraba con una clienta en el depósito las otras murmuraban. Un día lo enfrentó y él se lo reconoció: la ceremonia de iniciación era tan sensual, tan íntima, que cada tanto se enamoraba de alguna y necesitaba ahí mismo hacer el amor con ella. Carla se llenó de rabia. Y de celos. No gritó, no hizo un escándalo, apenas dijo: "Hacelo conmigo, llevame al depósito y cortame el pelo". Rubén dijo que no, que con ella no funcionaría, que los dos sabían que los mechones eran una mentira. Ella rogó, imploró, ahora sí gritó y lloró. Pero Rubén fue terminante: "No". Incluso le dijo que a lo mejor tenían que tomarse un tiempo, que él le compraba la parte de la peluquería y se quedaba con la colección. "La colección es mía", dijo ella. Él se rió. "Mejor me voy a dar una vuelta y tomar algo antes de que...", dijo él. "¿Antes de qué?", preguntó ella, pero Rubén ya se había ido. Carla corrió al depósito, arrancó con violencia los mechones e hizo una montaña con ellos en el fondo de la peluquería. Les prendió fuego. Y volvió a la casa. Rubén sintió un olor extraño cuando regresaba. Apuró el paso, se temía lo peor y eso encontró guiado por el olor a pelo quemado. La colección no era más que un manojo de cabello chamuscado. Y si ya no había colección, no había nada.

Fue a su cajón a buscar la tijera más filosa. No pudo encontrarla, así que tomó la microdentada y entró a la casa empuñándola. Del otro lado de la puerta estaba Carla, empuñando la de filo dulce.

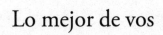

Lo mejor de vos

Que a los treinta y cinco años sus padres quisieran obligarla a compartir unos días de vacaciones le resultaba inadmisible. Que no pudiera
negarse la devastaba. En el último llamado telefónico le dejaron claro que, si no aceptaba esa
propuesta, alguno de ellos —en el peor de los
casos su madre— volvería de inmediato y se ins-
talaría en su departamento. No encontró manera de convencerlos de que no corría ningún riesgo. No era cierto que "el edificio podría haber
volado en mil pedazos", como les había dicho no
sabía qué vecina. Rosalía no lograba entender
cómo se las arreglaba su madre para tener infor-
mantes en cualquier lugar y circunstancia. En el
colegio, entre su grupo de amigas, en el club,
siempre había alguien que le iba con el cuento
que fuera. Llegó a pensar que alguna noche, sin
que ella se hubiera dado cuenta, su madre le había hecho meter un chip de seguimiento en el
cuerpo para monitorear cada uno de sus movimientos. Cuando Rosalía le dijo que dejaba la
facultad, su madre no se sorprendió y hasta estu-

vo de acuerdo: "Para qué vas a seguir yendo, si te quedás dando vuelta por los pasillos y ni siquiera entrás al aula". ¿Cómo supo? ¿Quién le dijo? Era cierto que Rosalía no entraba al aula, le daba terror atravesar la puerta. Le transpiraban las manos, le faltaba el aire. Pero no se había atrevido a contárselo, temía que su madre le dijera lo que le había dicho tantas veces: "¿Eso es lo mejor que tenés para dar, Rosalía? ¿Es lo mejor de vos?". Esa era su muletilla preferida: "¿Es lo mejor de vos?". Y Rosalía no tenía la menor idea de qué era lo mejor de ella.

Ahora, como en otras ocasiones, su madre supo antes de que ella le contara. "¿Qué vecina, mamá?" "¿Por qué una vecina mía tiene tu teléfono?" "¿De dónde sacó que el edificio podría haber volado por los aires?" Su madre no contestó, se limitó a dar órdenes: "Vas a la terminal de ómnibus y tomás el primer micro que te traiga. Si no estás acá dentro de las próximas veinticuatro horas, nosotros salimos para allá". "Acá" era para su madre un chalet que tenían en la costa, donde solían pasar parte del verano. "Allá" era Palermo, frente al Botánico, el departamento en el que Rosalía vivía sola desde hacía cinco años, cuando su madre se convenció de que ningún hombre la sacaría de la casa familiar. Ésa era otra

de sus muletillas: "Así no vas a conseguir novio".
Y Rosalía en eso coincidía con su madre, porque
la idea de tener un novio la ilusionaba pero la
aterraba al mismo tiempo, tanto como entrar al
aula de la facultad.

Fue por el gas. Rosalía estaba convencida de
que las dos veces había sido por culpa del gas.
Antes y ahora. "Y lo peor es que no hay dos sin
tres", dijo su madre cuando ella trató de explicarle por teléfono. Aquella primera vez Rosalía
insistió en que no había tenido voluntad de
matarse sino de dormir. Su madre no le creyó.
"Rosalía se quiso suicidar", ese fue el mensaje
que le mandó a la analista de su hija la mañana
que la encontraron tirada en la cama, llena de
pastillas, y le hicieron un lavaje de estómago.
No la llamó, no le pidió una cita para hablar de
Rosalía o una sesión familiar que incluyera a su
padre. Sólo el mensaje. Rosalía lo supo porque
se lo mostró su madre. Cuando se sintió mejor
fue a ver a la analista; ella le pidió que le contara qué había pasado. Rosalía le contó y la analista le creyó. Eso le dio alivio. Pero sus padres
se negaron a seguir pagando las sesiones "con
un profesional que te deja al borde de la muerte". Así que fue a dos o tres encuentros más y ya
no pudo seguir. Aquel mensaje, "Rosalía se quiso suicidar", no había sido en realidad una ad-
vertencia para que la profesional evaluara el

riesgo, sino que se trataba de un mensaje conminatorio —típico mensaje de su madre— que significaba: "No te creerás que te seguiremos pagando tus honorarios después del error cometido". No les importó que Rosalía dijera una y otra vez que había sido por el gas. Como ahora. Sus padres no pudieron entenderlo.

El tema del gas había empezado un año atrás. Nadie en el edificio sabía quién había hecho la denuncia: un propietario, un inquilino, un repartidor, personal de mantenimiento, un peatón que al pasar por la calle sintió olor. Y una vez hecha la denuncia por pérdida en la compañía de gas, rehabilitar el suministro —por más que se cumplieran todos los pedidos de reparación— podía llevar meses, incluso años. Rosalía pensaba que el anónimo delator habría sido una mejor persona si hubiera llamado al portero, si hubiera hecho la queja ante el administrador del consorcio. Pero no, eligió el peor camino, el menos solidario. La denuncia los dejó sin posibilidad de nada. Porque una vez que entraron el inspector y la cuadrilla, ya no importó qué caño perdía. La compañía de gas tomó el edificio completo. De la planta baja al último piso. Y revisaron hasta los ascensores. La pérdida era en la planta baja, en la entrada de los autos. Ahí estaba el punto donde se concentraba el olor a podrido. A huevo podrido. En realidad el gas natural no huele, eso lo aprendió Rosalía en tantos meses de obsesión por la falta de gas. Aprendió eso y mucho más. Se convirtió en experta en gas. Leyó todo lo que pudo, aprendió, investigó. Desde cuestiones esenciales como que el gas natural es inodoro pero huele mal porque se le agrega un producto para que los usuarios puedan detectar un escape, hasta cuestiones técnicas como que la última etapa en la rehabilitación de un edificio es la prueba de hermeticidad.

Tan pronto se confirmó que el escape se originaba en la entrada a la cochera los vecinos supusieron que se solucionaría el inconveniente. Pero no, los inspectores no se conformaron con eso. "Los del gas son sádicos, tanto olor a cosa podrida les debe de hacer mal", le había dicho Rosalía a su psicóloga en una de aquellas sesiones luego interrumpidas. No se contentan con haber detectado la pérdida que originó la denuncia, sino que van por más. Departamento por departamento. El edificio donde vivía Rosalía era antiguo, un edificio coqueto, buscado por las inmobiliarias, pero con los inconvenientes de cualquier inmueble que tuviera tantos años. Cada departamento estaba adaptado a las normas impuestas por la compañía de gas vigentes al momento de la última reforma que se le hubiera hecho. El de Rosalía era un departamento impecable. Sus padres se lo habían regalado cuando cumplió treinta años, asumiendo que sería muy difícil que se casara y que ya tenía edad para vivir sola. Edad pero no autonomía, ni mucho menos plata. Rosalía no había podido sostener un trabajo más allá de unas pocas semanas. No sólo las clases en la facultad le hacían transpirar las manos; lo mismo le pasaba cada vez que intentó trabajar. Su padre movía contactos, hablaba con amigos, conseguía vacantes y ella después se quedaba dando vueltas a la manzana porque le aterraba entrar. Hasta que un día su madre tomó la decisión: "Si esto es lo mejor que tenés para dar, no hagamos que tu padre siga quedando mal con sus relaciones. Nos va a salir más barato pagar los gastos para que vivas sola." Así fue que Rosalía se separó levemente de ellos, aunque el control siguió vigente puertas afuera. Le daban lo justo para vivir, y para algunos gastos extra sólo si ellos los consideraban necesarios. La cuota de un gimnasio "aunque no te luce". La analista, mientras creyeron que hacía bien su trabajo. Una decoradora que dejó el departamento de Rosalía al gusto de su madre.

Los del gas pasaron por su departamento y le entregaron un papel amarillo con las fallas que encontraron. Ahí empezó el verdadero asunto. Primero, buscar gasista. El administrador del consorcio propuso el mismo que reparó la pérdida de la cochera, el encargado del edificio recomendó otro y su madre le mandó el suyo. En un acto de rebeldía, Rosalía rechazó al gasista de su madre, hizo tatetí entre los dos restantes y contrató el que proponía el encargado. Al principio pareció una buena elección, la mayoría de los vecinos habían contratado al otro, así que el elegido por Rosalía tenía más tiempo para atender su caso. Pero con el correr de los meses quedó claro que era un estafador de poca monta. Después de varios rechazos, por fin parecía que el problema estaba solucionado: el inspector hizo las pruebas en la entrada a la cochera y le dieron gas al edificio y a casi todos los departamentos. Menos a los que había revisado el gasista que propuso el encargado. Rosalía se desestabilizó con la noticia. "¿Por qué todos sí y yo no, si lo único que había que hacer en mi departamento era cambiar la rejilla de ventilación?". En la nueva planilla de inspección agregaron que faltaban planos de la instalación, algo que nunca antes habían pedido. A los otros propietarios no les habían exigido planos, sólo a ella y a un par más. "¿Por qué?", insistió con el gasista. "No busque explicaciones, esta gente es así. Mañana viene otro inspector y pide otra cosa. Es como cuando la para un agente de tránsito en una esquina y le pide los documentos. Aunque usted tenga todo en regla, a las pocas cuadras la puede parar otro y pedir más". Rosalía mandó a hacer los planos, que pagó su padre. Unas semanas después volvió el inspector, otro inspector, y pidió la prueba de hermeticidad. El gasista la hizo y le aseguró a Rosalía que esta vez no habría problemas. Volvieron a pedir la inspección. Vino el inspector, otro inspector que escribió en el papel amarillo: "Falta ajustar caños externos con precintos". "¿Por qué me pide eso a mí si son caños del edificio? Que se lo pida al consorcio", se quejó ella al encargado. "No levante la perdiz, que si le vuelven a cortar el gas al consorcio los vecinos la van a odiar", le advirtió él. Y Rosalía no quería que la odiaran. El gasista no podía poner los precintos porque era un trabajo en altura y recomendó a un "silletero". También aprendió eso, que un silletero es un hombre que se sube a una silla para hacer trabajos en altura. Y que se debe contratar un seguro por si se cae. Eso y tantas otras cosas aprendió en meses y meses de convivir con el problema del gas. Hasta podía repetir de memoria la definición de gas natural que aparece en Wikipedia. Que las reservas probadas alcanzan para cincuenta años más. Que la combustión produce el efecto invernadero. Que el centro de atención al cliente más cerca de su casa estaba a diez minutos a pie. Que según el manual del usuario "antes de finalizar la comunicación, el operador telefónico del CCAU indicará el número de reclamo asignado".

Después del silletero volvió el inspector. Otro inspector. Y dijo que todo estaba en condiciones para pedir el nuevo medidor. Rosalía abrió un Cabernet y brindó con el gasista y el encargado. Pero cuando unas semanas después vinieron con el nuevo medidor, los antiguos caños no coincidían con el nuevo formato y se lo llevaron de vuelta. Fue un golpe mortal para Rosalía. Llamó al gasista a los gritos y él se defendió: "¿Sabe lo que pasa? Esta gente quiere plata, hay que estar cuando va el inspector, semblantearlo y tirarle unos mangos. Si no, esto no se termina más". A Rosalía no le gustaba coimear a nadie pero sus nervios le exigían una resolución. Su madre ya le había comprado pava eléctrica, horno eléctrico, estufas eléctricas y anafe eléctrico. Pero ella se resistió a instalar un calefón eléctrico y el agua fría la estaba matando. Quería tener gas como el resto del edificio. Juntó un dinero y se lo dio a su gasista, que se ofreció para hacer él mismo "la tarea sucia". Esperó la nueva inspección pero cuando llegó el inspector, el gasista y su plata no aparecían por ninguna parte. Ella intentó echarlo con cualquier excusa y que volviera cuando estuviera el gasista. Discutió con el inspector en la entrada del edificio, a los gritos. Llamó al gasista innumerables veces pero éste

tenía el teléfono desconectado. Siguió gritando.
Llamaron a la policía. Se encerró en su cuarto y
tomó un ansiolítico para tranquilizarse. Después
otro, otro más y otros. No se enteró de que ese
mismo día le dieron el gas. Ni de que el gasista se
había quedado con su plata. Cuando su madre
la trajo al departamento después del lavaje de
estómago, le preparó un té calentando la pava en
la hornalla de gas y ella se puso a llorar de la
emoción ante la llama. "¿Esto es lo mejor que
tenías para dar, Rosalía? ¿Suicidarte por un problema doméstico?" Ella le explicó que no había
querido suicidarse, que solo había querido volver a la calma y dormir, dormir y seguir durmiendo. Pero ese día no la irritó que su madre no
le creyera, porque al fin tenía gas.

Tomó el primer micro que consiguió. Su padre la esperaba en la terminal. "¿Será posible,
hija?" "Fue por el gas, papá." Otra vez había sido
por el gas, como cuando le lavaron el estómago.
Dos días antes del nuevo episodio, estaba vol-
viendo del gimnasio y cuando entró al edificio
vio a un empleado de la compañía de gas. Temió
lo peor, que otra vez le cortaran el suministro a
ella. Se acercó y le preguntó qué hacía ahí. El
hombre no le contestó. Rosalía empezó a los gritos, el encargado trató de calmarla, le dijo que

venía para otro departamento. Pero ella no le creyó. Subió corriendo al suyo, abrió las hornallas y verificó que saliera el gas. Salía y se alivió. Se quedó controlando que no se lo cortaran, sin moverse, sentada frente a la hornalla abierta. La cocina se llenó de olor a huevo podrido pero no le importó. No le importó nada de nada, sólo que el gas siguiera saliendo. Hasta que se desvaneció. Luego no recuerda nada, sólo que un médico la revisaba en el sillón del living con las ventanas del departamento abiertas de par en par. Y el llamado de su madre desde su casa de la costa. No le quedó más remedio que aceptar sus órdenes. Allí estaba otra vez, veraneando como cuando era adolescente. En esa casa que detesta, en esa playa que detesta, junto a esos padres que —Dios la perdone— también detesta.

El día se le hizo muy largo. Bajó a la tarde a caminar por la playa, cuando ya casi no quedaba nadie. Se sentó en un médano a mirar el mar. Unos minutos después, un hombre con un libro se sentó cerca de ella. Leyó un largo rato en silencio. A Rosalía le empezaron a transpirar las manos. Él le pidió fuego pero ella le contestó que no tenía porque no fuma. El hombre sonrió, tenía la sonrisa más atractiva que ella hubiera visto nunca. "Mejor, me ahorrás nicotina en los pulmones", dijo él. Y se acercó para mostrarle el libro que leía. Le dijo que si quería cuando lo terminaba se lo prestaba. "¿Nos vemos mañana a esta hora por acá?". Ella dijo que sí. Transpiraba toda, no sólo las manos. Subió al departamento excitada, se encerró en el cuarto. Se tocó. Bailó frente al espejo.

Esperó con ansiedad que fuera el atardecer del día siguiente. Creyó que disimulaba bien porque su madre no hizo ningún comentario. A la hora pactada bajó a la playa. Él estaba allí. Le dio el libro, le dijo que lo había terminado la noche anterior pensando en ella. Y que no hacía falta que se lo devolviera. Que era un regalo. Rosalía se emocionó, se le llenaron los ojos de lágrimas y para disimular le dijo que la conmovía el atardecer detrás de los médanos. Él le dijo que si la conmovía el atardecer, "el amanecer con el sol saliendo entre las olas te va a enamorar". Y ella, que ya se sentía enamorada, sonrió. No quiso pensar en su madre, en si ese hombre le gustaría para ella, ni en la transpiración que le recorría el cuerpo, mucho menos en el episodio del gas que la había traído hasta esa playa. Trató de concentrarse en el hombre y en el mar que estaba frente a ellos. Fue entonces que él se alejó a encender un cigarrillo al reparo del viento. En ese momento entró un mensaje en el celular que había dejado junto a ella, en la toalla donde se habían sentado los dos, juntos, muy cerca. "Creo que es hora de que Rosalía vaya subiendo", vio iluminarse en la pantalla. No entendió el mensaje. ¿Quién le hablaba de ella? Miró el nombre y no se dio cuenta en ese instante, o no quiso darse cuenta. Ella la tiene registrada en los contactos como "mamá". Su nombre y su apellido de soltera la confundieron unos segundos. Hasta que la confusión se disipó y le pareció que el corazón le iba a explotar. Él volvió con el cigarrillo encendido. Le ofreció una pitada. Ella, con la vista clavada en el horizonte, no respondió. "Qué belleza, ¿no?", dijo él y miró el celular. "¿Te parece que vayamos yendo?", le propuso. Ella se levantó como un resorte y caminó hacia su casa.

No sabe cómo consiguió mantenerse sentada junto a sus padres durante la cena. Si notaron algo, no lo mencionaron. Ella apenas comió, cuando terminaron se disculpó y se metió en su cuarto. Nadie preguntó nada. No lloró, no tomó pastillas, sólo esperó. Otra vez fue al gas. Esperó a que sus padres se durmieran. La casa a oscuras y en silencio le dio permiso. Abrió la puerta de su cuarto con cuidado. Fue a la cocina. Los platos que su madre había lavado se terminaban de secar en el escurridor. Por el ventiluz llegaba el rumor del mar. Lo cerró. Tomó agua, respiró con profundidad, una, dos, tres veces. Y por fin se decidió a hacerlo. Avanzó por el pasillo y comprobó que la puerta del cuarto de sus padres estuviera abierta. Los miró por última vez, oyó sus ronquidos, balbuceó una queja. Luego volvió a la cocina. Apagó la luz. Giró las perillas de las hornallas —incluso la del horno— y esperó hasta sentir el olor a huevo podrido.

Al rato, cuando sintió que empezaba a marearse, se fue.

Cruzó la ruta que la separaba del mar, el aire le pareció pesado y con sabor a sal. En la cartera llevaba el libro que le había regalado ese hombre. Lo sacó, arrancó sus hojas una a una y las arrojó al viento. Algunas cayeron al mar y se mojaron hasta que el peso del agua las hundió. Otras bailaron sobre la arena.

Caminó por la playa a oscuras, descalza.

No sabía dónde iba, sólo que quería ver el sol, entre las olas, al amanecer.

Salsa Carina

Se detiene frente a la góndola de conservas. Quiere hacer una rica salsa, la mejor que haya hecho. Aunque sea la misma de siempre. No cocina bien, pero sabe que preparando buenos acompañamientos cualquier plato mejora. Tres recetas alternó hasta el hartazgo en estos veinticuatro años de matrimonio. Veinticuatro años. Salsa de champiñones para las carnes, crema de puerros para los pescados y salsa Carina, de tomate, para las pastas. Se había apropiado de una receta de un viejo libro de cocina y la había rebautizado con su propio nombre. Una mentira piadosa. No sabe qué sería una mentira "impiadosa", cuando ella miente lo hace por piedad. Se agregan al tomate vegetales picados en trozos muy pequeños: zanahorias, puerro, alcaparras. Ya los había cortado esa mañana, lo estaba haciendo cuando apareció Arturo en la cocina. Como todos los primeros sábados de cada mes, vendrían sus hijos, Marcela y Tomás, que ya vivían solos. Luego de varios desencuentros habían llegado a ese arreglo: el almuerzo del primer sábado del mes era sagrado. Por eso su asombro cuando Arturo le dijo que la dejaba. Nada habría cambiado si lo dejaba para después de comer. O sí.

Carina elige dos latas de tomate y las pone dentro del carro donde ya están el frasco de alcaparras, dos botellas del vino tinto que le gusta a Arturo y las cajas de ravioles. Mira las latas dentro del chango, levanta una y, después de inspeccionarla, la descarta porque tiene una pequeña abolladura. La cambia por otra. Por qué escoger una lata abollada si la cobran igual que las sanas. Recuerda una frase que solía usar Arturo: que no te den gato por liebre. Pobre Arturo. Va hacia la línea de cajas, se para en aquella donde hay menos hombres. Los hombres hacen mal las compras, piensa, cargan de más y cuando pasan por la caja dudan, se dan cuenta de que no pesaron las verduras, van a buscar algo que se olvidaron. Arturo nunca hizo las compras. Ni ella le reclamó. Ella no le ha reclamado nada en veinticuatro años de matrimonio. Él tampoco hasta esa mañana. Aunque lo de Arturo tampoco fue un reclamo. Reclama quien pide un cambio, una modificación. Él apenas informó, dijo pero no pidió nada. Ojalá hubiera pedido.

La última mujer delante de ella avanza y empieza a descargar sus compras. Carina mira la hora. A pesar de que le llevó tiempo limpiar la cocina, va a llegar bien. Los chicos no vendrán antes de las dos. Le dijo a Arturo: "¿Y qué les digo a los chicos?". "Yo les voy a explicar", le contestó él, "después". Sí, claro, Arturo siempre después. Pero antes ella tendría que enfrentarlos y decirles por qué su padre había faltado al almuerzo de todos los primeros sábados. Trató de convencerlo de que se fuera después de comer. Pero él dijo que no, que ya tenía la valija lista. La valija, hasta había hecho una valija. Ése no fue el punto, ni la valija lista, ni el almuerzo al que no se quedaría. Hasta ahí ella estaba aturdida, pero entera. Él agregó que lo estaban esperando. Otra mujer. Y ése tampoco fue el punto porque siempre hay otra mujer. Pero entonces ella quiso saber qué. No le importaba ni quién ni por qué ni cómo. Qué. "¿Cómo qué?", preguntó él. Carina le explicó: "¿Qué cosa de mí te hizo buscar otra mujer, alejarte?". Él habló de generalidades, el tiempo que pasa, el amor que se desvanece, la cotidianeidad que arrasa con lo que se ponga delante. Fue ambiguo y ella no estaba para ambigüedades. Así que insistió: "Qué". No lo dejaría ir sin que él diera un motivo concreto. Se lo advirtió. Lo amenazó. "Si no me decís qué, no te vas". Y por fin él dijo, para que lo dejara ir: "Tu olor, olés raro, olés mal". Ella sintió un hachazo en el cuerpo. Lo miró perturbada y tal vez él sintió que debía ser más explícito aún, porque agre-

181

gó: "Huele mal tu aliento, tu piel, tu pelo". Esa confesión fue la que cortó el hilo que retiene a las personas para que no pasen del deseo al acto. Así como ella sintió un hachazo en el cuerpo, tuvo el deseo de que un hachazo lo atravesara a él. Todavía empuñaba la cuchilla con la que acababa de cortar los vegetales. Y el hilo se había roto.

Carina paga la cuenta, mete las bolsas en el chango y va al estacionamiento. No puede recordar dónde dejó su auto. Recorre la playa en un sentido y en otro. Un cuidador se le acerca: "¿La ayudo? No se inquiete, le pasa a mucha gente". Pero ella claro que está inquieta, porque tiene que ir a su casa, terminar la salsa, decirles a sus hijos que su padre no almorzará con ellos. No quiere que ese hombre la acompañe. Él le pide las llaves, casi que se las saca de las manos. El cuidador apunta a un lado y al otro hasta que por fin oyen el sonido de una alarma que se desactiva y ven luces titilando a unos metros de ellos. Carina da las gracias y se dispone a irse, pero el hombre no deja tampoco que empuje el carro. Carina prefiere no gastar su energía en impedir que el hombre lo haga. De inmediato se arrepiente, mientras avanzan puede ver el hilo de sangre que chorrea del baúl. Mira al cuidador; él malinterpreta la mirada: "La ayudo a cargar". Ella sabe que es en vano negarse. "En el baúl no, cargue todo en el asiento de atrás", dice, y se para sobre una pequeña mancha en el piso, ahí donde siguen cayendo las gotas. El hombre baja la mirada: "¿Qué pasó, señora?". Carina se inquieta, qué pretende ese hombre, ella no puede confesar. Evalúa las alternativas de lanzar el carro sobre él y salir corriendo o de volver a usar la cuchilla que lleva en la cartera. Pero entonces el hombre se sonríe y agrega: "Se ve que estaba muy distraída esta mañana", mientras señala los pies de Carina.

Recién entonces ella nota que lleva puesto un zapato marrón y otro negro.

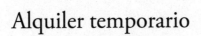

Alquiler temporario

Sube sola. Martín le dijo que esperara abajo, que él subía primero con las valijas y enseguida venía a buscarla. Pero ella, ahora, no quiere esperar. ¿Qué otra desgracia le podría pasar? El ascensor se mueve con lentitud, no parece pertenecer al hueco por donde se desplaza. Deben de haberlo incorporado al edificio años después de construido, piensa. Y en ese pensamiento se queda, o intenta quedarse, se esfuerza por ocupar su cabeza con algo que le importe tan poco como un ascensor. Si lo logra, tal vez por un rato no piense en otro asunto. Mientras sube, se concentra en ese tema tratando de imitar la sintaxis enrevesada que encuentra en la mayoría de los libros que corrige para la editorial donde trabaja: "Es común que en edificios como el edificio en cuestión, construidos entre los años 30 y 50, de pocos pisos, ante la insistencia de nuevos propietarios o inquilinos menos dispuestos al sacrificio de subir escaleras, los vecinos acuerden, después de una larga reunión de consorcio, perder algo de la elegancia de esas construcciones a cambio de ganar un ascensor hidráulico". Como el que en ese día de mayo lleva con lentitud a Natalia hasta el piso donde está su nuevo departamento. "Mi nuevo hogar", se dice con ironía. Ella no quiere tener un nuevo hogar. Pero en algún sitio hay que dormir, comer, ir al baño. El departamento al que está llegando es apenas una transición, un paso intermedio entre el que compraron con Martín cuando se casaron, tres años atrás, y el próximo, el que algún día tendrán. Ella coincidió con él en que no era bueno volver del sanatorio a su casa, pero ninguno de los dos estaba en condiciones de salir a buscar un lugar donde nada les recordara al niño que murió. El niño que murió, así lo nombra. O, mejor dicho, no lo nombra. Así lo piensa. No con el nombre con que lo anotaron dos años antes, Germán. Ni tampoco lo piensa como "mi hijo". La única manera en que logra nombrarlo, o pensarlo, es de esa forma: el niño que murió. Como si esa construcción lingüística, esa frase, le permitiera alejarse de su hijo, colocarlo a una distancia prudente de ella, para así lograr que no se le haga un nudo en la garganta y llorar otra vez. Lloró días y días por Germán. Por el niño que murió, en cambio, no llora.

Cuando el ascensor se detiene en el tercer piso, Martín está parado del otro lado de la puerta.

—Te dije que enseguida bajaba a buscarte.

Ella no contesta. Lo agarra de la mano y deja que la lleve hasta la puerta del 3º B. El camino es sencillo, sólo dos departamentos por cada uno de los cuatro pisos del edificio. Martín mete la mano en el bolsillo y saca el manojo con dos llaves que le dieron en la inmobiliaria: la de la entrada del edificio y la del departamento. Elige la que no corresponde, insiste, prueba con la otra y abre. Natalia se queda mirando el llavero, que pendula en la cerradura debajo del picaporte mientras él hace girar la llave: una cruz de bronce, antigua, con perlas rosadas y celestes.

—¿De dónde salió ese llavero? —pregunta.

—Ni idea, me lo dieron así en la inmobiliaria. Muy incómodo y pesado, después lo cambio.

—No hace falta. Tampoco vamos a estar tanto tiempo acá, ¿no?

—Tampoco vamos a estar tanto tiempo acá —repite Martín, y le acaricia el pelo.

Natalia entra y sin descolgar su cartera del hombro se toma unos instantes para hacer un reconocimiento del lugar. A pesar de que las ventanas no son grandes, el ambiente principal tiene buena luz natural. Los muebles son como los que Natalia se imagina que tienen todos los departamentos de alquiler temporario: sillones de cuerina blanca, mesa laqueada, una maceta con una planta verde de interior de la que ignora el nombre, un plasma, adornos modernos, un espejo con marco patinado de bronce y no mucho más. Un ambiente despojado, más cercano a la foto de una revista de decoración que a una casa vivida donde se van juntando cantidades de cosas a lo largo de los años, que se conservan no por utilidad ni por un sentido estético sino por la historia que encierran. Por eso no pueden volver a su casa, porque detrás de cada objeto hay algo: una anécdota, un recuerdo, una palabra balbuceada por el niño que murió. La semana que pasaron en la casa de la madre de Natalia fue más que suficiente; con esfuerzo lograron llevarse bien, no llorar unos delante de otros, no mencionar frente a ella a Germán, bajo ningún aspecto. Pero todos sabían que esa calma fabricada no podía durar más que unos días. Por eso Martín se apuró en alquilar un lugar para ellos. Sólo ellos dos, lo que quedaba de esa familia que apenas formada se había desarmado. Un departamento alquilado sería menos peligroso que volver a casa. Un lugar de paso, de esos que se contratan por un tiempo breve, a un costo alto pero que vale la pena pagar hasta decidir qué hacer.

El dato del departamento les llegó por un extraño azar. Martín conversaba con un amigo en la cocina de la casa de sepelios donde velaron al niño que murió. La encargada del servicio fúnebre preparaba café junto a ellos.

—Disculpe, no pude dejar de oír lo que hablaban —dijo—. Mi hermana maneja una pequeña inmobiliaria especializada en alquileres temporarios, si le interesa el dato le puedo pasar su teléfono.

Martín la miró y no contestó. Le molestó que la mujer se inmiscuyera. Ella se dio cuenta, bajó la cabeza, volvió a la jarra de café y no dijo más. Pero a los pocos días Martín estaba allí, en la casa de sepelios, preguntando por ella. Y la mujer, sin mostrar asombro ni rencor por el destrato anterior, sacó la tarjeta de la inmobiliaria del bolsillo de su blazer, como si lo hubiera estado esperando.

El primer llanto lo escuchan esa misma noche. Debían de ser las dos o las tres de la mañana. Natalia apenas acababa de dormirse, o así lo siente cuando con esfuerzo logra abrir los ojos. Ella lo oye primero. El llanto de un chico, o de una chica, no se termina de dar cuenta. No es un bebé, de eso sí está segura, el llanto de un bebé no se confunde con nada. En cambio ese llanto es débil, casi suspirado, como pidiendo perdón. O clemencia. No se atreve a despertar a Martín, está segura de que le dirá que se duerma otra vez, que no hay ningún llanto, que seguramente lo soñó. No mencionaría al niño que murió pero estaría pensando en él, en que Natalia escuchó en sueños el llanto de Germán, que lo soñó, que lo seguirá soñando un tiempo más. Natalia se sienta en la cama, levanta la almohada y se apoya contra el respaldo. Abre bien los ojos para estar absolutamente segura de estar despierta. Y sigue escuchando el llanto que llega desde el otro lado de la pared que separa ese departamento del 3º A. Recién cuando el sonido pasa del llanto susurrado al grito es que Martín se despierta.

—Lloran en el departamento de al lado —dice ella.

Él no dice nada, pero también se incorpora en la cama.

—¿Qué hacemos? —pregunta Natalia en el momento en que un grito interrumpe el llanto.

—Nada —dice él—. ¿Qué vamos a hacer?

—¿Estará solo?

—Parece el llanto de una mujer.

—Es el llanto de un chico.

—No sé. Puede ser.

Natalia está por levantarse para acercarse a la pared cuando el llanto cesa. Entonces gira y mira a Martín, pero no dice nada, sólo espera que él hable.

—Listo. Ya pasó.

Ella asiente y luego se desliza entre las sábanas.

Al día siguiente Martín se va a trabajar temprano. Ella tiene licencia por dos semanas más. Nadie en la editorial puso ningún reparo cuando dijo que iba a tomarse el tiempo necesario hasta estar mejor. De todos modos tenía en la computadora algunos PDF para corregir. Si se sentía con ánimo, les había dicho, trabajaría desde su casa. Aunque en realidad, cuando dijo "su casa", no se refería a la suya, a la verdadera, a la que habitaban hasta hacía muy poco con Martín y el niño que murió, sino a este departamento transitorio.

Cerca del mediodía Natalia baja a comprar algo para comer y provisiones para la cena. Cuando está esperando el ascensor, se abre la puerta del 3° A. Sale primero una mujer, una mujer con unos grandes anteojos negros que lleva a dos varones, uno colgado de cada brazo. Y detrás de ellos dos chicas: una de unos trece años y otra de unos cinco. Los cuatro chicos parecen vestidos con ropa de una misma tienda, clásica: mocasines lustrados, camisas prolijas los varones y blusas con volados las mujeres, todas de mangas largas. Los chicos llevan pantalones de sarga gris, y la mujer y las nenas polleras largas y amplias. El atuendo parece de otro tiempo. Natalia saluda con un: "Hola, buen día". La mujer mueve la cabeza, o eso le parece. La niña mayor y los varones ni siquiera la miran. Sólo la más chica le contesta el saludo:

—Buen día —dice, y le sonríe.

Como no entran todos en el ascensor, la mujer y los dos varones, sin soltarse de sus brazos, bajan por la escalera. Encerrada con las chicas en ese espacio estrecho, Natalia intenta adivinar quién había llorado la noche anterior. Busca algún indicio pero no encuentra ninguno. Antes de que el ascensor se detenga en la planta baja se atreve a hablarle a la nena, que no le saca los ojos de encima:

—¿Todo bien? —dice.

—Sí —responde la chica, pero ella no le cree.

En el palier de la entrada ya están esperando los varones y la mujer. Natalia se demora cerrando la puerta del ascensor. Mira hacia la entrada del edificio: detrás del vidrio la nena la saluda con la mano, mostrando la palma, el pulgar hacia arriba, levantando y bajando los otros cuatro dedos juntos, en lo que podría ser no sólo un saludo sino también ese gesto que se hace cuando se le pide a alguien que venga, que se acerque.

La segunda noche Natalia toma una pastilla para dormir, así que si alguien llora en el departamento de al lado no se entera. No sabe entonces que Martín sí oye llantos otra vez porque a la mañana siguiente ella no le pregunta y a él no le parece prudente comentárselo. Intenta corregir un original, un ensayo sobre arquitectura colonial en el Río de la Plata, pero no puede pasar de los dos primeros capítulos. El resto de la mañana mira televisión, o al menos tiene el aparato prendido delante de ella. A la tarde, después de almorzar las sobras de la noche anterior que Martín guardó prolijamente en la heladera, escucha unos ruidos que le llaman la atención: un zumbido, como si algo cortara el aire con velocidad, y después un golpe seco. Se acerca a la pared que da al departamento vecino, está a punto de apoyar la oreja sobre la medianera, pero se siente ridícula y decide que es mejor olvidarse de los vecinos y salir a caminar. En el palier siente el zumbido con más nitidez, más firme el golpe, y después del golpe un suspiro y un "Ay" cansado, como si quien lo pronuncia ya no tuviera fuerza para decirlo. Cuando está cerrando la puerta del ascensor, le parece que alguien abre, apenas, la del 3º A y la espía a través de una pequeña rendija. Pero no se detiene y en cuanto llega a la planta baja sale del edificio apurada. Cruza la calle y mira hacia arriba. En una ventana, detrás de la cortina, distingue la silueta de la nena menor. Se queda mirando, la chica la saluda de la misma manera que antes, subiendo y bajando los cuatro dedos juntos hacia la palma como quien dice "Vení".

Esa noche le cuenta a Martín.

—Son gente rara, ¿no te parece?

—Qué sé yo —le contesta él—. ¿Quién no es un poco raro?

Martín se ofrece a lavar los platos. Natalia se da una ducha. Cuando se acuesta Martín le da un beso en los labios, el primer beso en los labios desde que se murió el niño, y luego se acurruca junto a ella. Un par de horas después empieza el llanto. La misma voz. Y una palabra que podría ser: "Basta". O no. Y luego otra vez el llanto.

—¿No habría que hacer la denuncia? —pregunta Natalia.

—¿Y qué denunciamos? ¿Que alguien llora por las noches?

—Llora y dice basta.

—¿Dijo basta? No creo que sea suficiente para que nos acepten una denuncia.

—Le pueden estar haciendo daño…

—No creo… Hay muchos chicos que lloran de noche… Que tienen pesadillas.

—No parecen pesadillas.

—Tampoco parece otra cosa. Llora y dice algo que puede ser basta... ¿Por qué no podría ser una pesadilla?

Natalia no insiste, pero al día siguiente va a la comisaría más próxima y cuenta lo que escuchó.

—Acá no se toman denuncias por ruidos molestos, para eso tiene que ir a la municipalidad.

—No quiero denunciar el ruido, sino que en esa casa pasa algo por lo que alguien llora.

El policía que la atiende la mira con una mezcla de asombro y desprecio.

—O sea que lo que usted quiere denunciar es que alguien llora. Señora, ¿se imagina la cantidad de gente que debe llorar de noche en esta ciudad?

Natalia se convence de que no vale la pena seguir insistiendo, Martín tiene razón: que alguien llore por las noches y diga basta no es motivo suficiente para que acepten una denuncia.

Al volver al departamento se encuentra con la familia del 3º A en la entrada del edificio. Los varones otra vez uno a cada lado de la mujer, colgando de sus brazos del modo en que antaño se iba por la calle con un novio. La nena la mira y le sonríe. Mientras tanto, la chica más grande abre la puerta de entrada. Natalia se sorprende al verla girar la mano sobre la cerradura: tiene un llavero idéntico al que les dieron a ellos en la inmobiliaria, la cruz pesada y antigua, con las perlas rosas y celestes. Decide que no va a entrar con ellos, que va a ir a la inmobiliaria a hacer algunas preguntas y, si es necesario, a pedir explicaciones.

—¿No entrás? —le dice la chica, sosteniendo la puerta una vez que pasa el resto del grupo.

—No, no, me olvidé de comprar algo —responde ella, y se queda un instante ahí, frente a la puerta, como perdida, hasta que la nena la saluda con su mano, como siempre, y entonces Natalia reacciona, le sonríe y empieza a caminar hacia la esquina.

A media cuadra del edificio se da cuenta de que no sabe hacia dónde camina. Llama a Martín. Le pide la dirección de la inmobiliaria. Le da una excusa, que la heladera hace un ruido extraño y que quiere resolverlo antes de que deje de funcionar. Él le dice que no se preocupe, que se encarga de llamar por teléfono para que lo solucionen, pero Natalia insiste y usa las palabras justas para convencerlo:

—Me va a hacer bien dar una vuelta y ocuparme.

No se le ocurre pensar con qué argumento pedirá en la inmobiliaria datos sobre sus vecinos del 3º A; va hacia allá, se deja ir, por eso cuando ya está sentada en el escritorio frente a la encargada y única empleada a la vista, se sorprende ante la pregunta: "¿En qué puedo ayudarla?", y se queda muda. Sólo después de un instante que le parece demasiado largo, logra responder:

—Estoy viviendo en el edificio de Las Heras 2081, en el 3º B.

—Ah, sí, usted es la señora a la que… —dice la empleada y se detiene en medio de la frase.

—Sí, ésa soy… —contesta Natalia, y se da cuenta a quién le hace acordar esa mujer: a la encargada de la funeraria donde velaron al niño que murió. Martín le había dicho que eran hermanas pero ella lo tenía olvidado, o perdido en medio de otros pensamientos.

—Disculpe.

—Está bien… supongo que no todos los días tendrá clientes mujeres a los que se les murió un hijo…

—No crea —dice la mujer, y no queda claro si seguirá o no dando explicaciones porque Natalia prefiere interrumpirla y cambiar de tema; ella no está ahí para hablar del niño que murió, ni de niños que se les murieron a otros, sino de sus vecinos.

—Estamos cómodos en el departamento, pero me gustaría pasarme a uno con vista a la calle. ¿El 3º A cuándo se desocupa?

—Bueno, tendría que ser otro. Ese departamento no está en alquiler.

—Ah… ¿está segura?, tienen el mismo llavero que nos dieron a nosotros —dice, y le muestra el suyo—. ¿No es el llavero de la inmobiliaria?

—No, no tenemos llaveros propios. Es que su llavero también es de ellos, sus vecinos son los dueños del departamento que usted ocupa.

—Los padres de los chicos…

—Es una situación compleja… Una sucesión, nosotros la administramos, tenemos un poder general, así que usted no se haga problema por su alquiler. Pero mudarse al frente es imposible.

—¿La mujer que está con ellos no es su madre, entonces?

La encargada acomoda unos papeles sin levantar la vista. Y al rato pregunta:

—¿En qué otra cosa la puedo ayudar?

—Uno de los chicos llora de noche…

—Muchos chicos lloran de noche… Es normal —dice la mujer con un tono educado, pero que deja claro que no le contestará más preguntas acerca de sus vecinos.

Tal vez porque no obtuvo ninguna respuesta es que recorre las cinco cuadras hasta su casa pensando en el niño que murió. Muerte súbita, dijeron los médicos, pero saber que el niño dormía en el cuarto contiguo, a pocos metros de la cama en la que ella dormía con Martín, y que no se despertaron, que no intuyeron que el niño moría junto a ellos, que no hicieron nada, ni siquiera acompañarlo en la partida, la hacía sentir culpable. Y que Martín también lo era. Él había cerrado la puerta del cuarto, la cerraba cada vez que tenían sexo; cuando Martín se levantó para ir al baño ella le había pedido que la abriera. Pero él volvió, se metió otra vez en la cama sin hacerlo, y ella no pensó que si él no lo hacía, ella debía levantarse y abrirla. Alguien tendría que haberlo hecho. Si hubiera estado abierta, tal vez, quién sabe, aunque los médicos dijeran que no, que una muerte súbita no tiene explicación ni puede evitarse, quién sabe. Tal vez, si la puerta hubiese estado abierta.

Llega al departamento y va directo a la computadora. Está acostumbrada a hacer búsquedas al azar para encontrar datos absurdos pero tan necesarios en su trabajo de corrección literaria como el diccionario de la RAE. Se da cuenta de que ni siquiera tiene el apellido de esos chicos. Busca el contrato de alquiler, no hay mucho dónde buscar, ese departamento está casi vacío, algunos cajones desocupados, las mesas de luz apenas estrenadas. Allí lo encuentra, en la mesa de luz de Martín, tiene suerte de que no se lo haya llevado a la oficina. Las partes del contrato son Martín, el locatario, y Harris Bienes Raíces, locadora con mandato otorgado por escritura de fecha… Sigue buscando, nada. Vuelve al nombre de la inmobiliaria: Harris. Ese nombre le suena, lo googlea. Funeraria Harris: la funeraria en la que velaron al niño que murió. Baja en la lista de respuestas a su búsqueda. Más menciones a la funeraria, a la inmobiliaria o a ambas. Una respuesta llama su atención y se detiene. Es el link a la sección policial de un diario. "Aparecen muertos dos de los principales accionistas del grupo empresario Harris". Y luego en el copete: "Juan y Valeria Harris, el director del grupo Harris y su esposa, son hallados sin vida y con evidentes signos de tortura". La nota aporta más detalles, con fotos del departamento, de los cuerpos lacerados, de las sillas donde los secuestradores habían atado al matrimonio Harris manchadas de sangre y las sogas que los sujetaron enroscadas sobre ellas. Nunca se pudo resolver el caso, no encontraron más huellas que las de la propia familia, la puerta y las ventanas no habían sido forzadas, tampoco habían robado nada ni dejado otros rastros de violencia más que los cuerpos torturados. A los cadáveres les faltaba piel e incluso carne en los brazos, las piernas, las plantas de los pies y hasta en la cara. Por el tipo de corte, la policía estimó que la flagelación había sido hecha con hojitas de afeitar, pero no las hallaron en el departamento. Concluyeron que el móvil más probable era un ajuste de cuentas o una venganza.

Después de varias entradas con datos repetidos, encuentra en un blog especializado en casos policiales detalles de las torturas practicadas sobre los muertos y un dato que le llama aún más la atención que los sufrimientos infligidos: los padres de sus niños vecinos, si es que eran sus padres, además de las marcas de torturas recientes presentaban marcas más antiguas, quemaduras, cicatrices, rayas en la espalda compatibles con golpes de vara o látigo. El autor de la nota especulaba con que la pareja venía siendo sometida a flagelaciones reiteradas y que la última sesión de torturas es la que la llevó a la muerte. En un párrafo final agregaba que en generaciones anteriores otros miembros de la familia habían muerto de manera dudosa y que en todos los cuerpos se habían encontrado marcas de torturas. Aunque la evidencia era clara, luego de seguir esa pista durante un tiempo, la policía la descartó con otro argumento: el matrimonio Harris había sido miembro en la juventud de un grupo religioso impenetrable, que considera la autoflagelación como un camino hacia el amor de Dios. En el blog se insinuaba que el poder de ese grupo religioso había logrado que no se siguiera investigando en esa dirección.

Natalia abre algunos resultados más en su búsqueda y encuentra la foto de los padres muertos: el señor Harris es muy parecido a la encargada de la inmobiliaria y a la de la funeraria. ¿O le parece a ella? Ya no sabe. Se siente mareada, con el estómago revuelto. ¿Cómo sobrevivieron esos chicos a tanta maldad practicada sobre sus padres? ¿Lo sabrían? ¿O apenas sabrían que habían muerto y no las circunstancias? ¿Quién es esa mujer que se ocupa ahora de ellos?

Cuando llega Martín, Natalia no le da respiro, apenas lo saluda empieza a hablarle de lo que descubrió y no para hasta contarle el último dato. Luego le hace a él las mismas preguntas que ella no puede dejar de hacerse.

—Esa mujer que cuida a los niños no me gusta... ¿Qué pasa si ella es la que torturaba a los padres y ahora hace lo mismo con los niños?

—¿Por qué se te ocurre algo así?

—No es cariñosa con ellos, no parece quererlos. Me duele la cabeza de estar el día entero pensando qué pasa en ese departamento. No quiero dejar otra vez la puerta cerrada... —dice y se arrepiente, pero ya está dicho. Martín entiende, le duele lo que acaba de decir.

—Natalia, en lo que nos tenemos que concentrar nosotros es en buscar un nuevo lugar donde vivir para irnos de acá. Dijimos que esto era de paso, tres o cuatro semanas. Pongámonos en campaña para encontrar un departamento definitivo y ya no vamos a saber de estos chicos y sus llantos.

—Pero eso es desentenderse de la situación...

—Me parece que la que se quiere desentender de la situación sos vos, y no de la que transcurre en el departamento vecino sino en éste, de nuestra situación, de nuestra pareja, de Germán...

Natalia lo mira con desprecio. No le va a perdonar que lo haya nombrado. Y menos en medio de lo que están hablando. ¿Qué tiene que ver Germán con todo esto? Se para y se va al cuarto. Martín no la sigue. Prefiere salir a dar una vuelta. Se lo anuncia desde el otro lado de la puerta, sin abrirla, y se va. Ella se queda un rato tirada en la cama pensando qué hacer; las imágenes de los cuerpos torturados se le mezclan con las de los niños. Sin embargo, poco después se le cruza una idea. Se calza, pasa por el baño, se lava la cara, se acomoda el pelo, sale al palier, va hasta la puerta del 3º A y toca el timbre. La chica más grande abre la puerta.

—Perdoname pero no me funciona el teléfono y necesito hacer una llamada. ¿Puedo pasar? —dice.

—Esperá acá —la detiene la chica, y va a buscar un teléfono inalámbrico.

A Natalia le queda claro que no quiere que entre. Alcanza a ver a los varones, de espaldas, sentados en banquitos de madera, uno a cada lado del sillón de respaldo alto donde seguramente está la mujer de anteojos negros, quizás sin los anteojos esta vez, frente al televisor encendido.

—¿Dónde dejaron el inalámbrico? —grita la chica desde uno de los cuartos.

Nadie le contesta. Por el pasillo, casi sin hacer ruido, se acerca la nena más chica y la sorprende.

—Hola —le dice.

—Hola —le contesta Natalia.

La nena le da una llave. El llavero tiene la misma cruz que el de Natalia.

—¿Y esto? —le pregunta.

—La llave de nuestro departamento. Tenemos muchas, no te preocupes. Por si necesitás el teléfono cuando no estamos. O por si tenés que entrar por algo —dice, y luego se lleva el dedo índice a la boca, como pidiendo que no le diga a nadie.

Natalia está a punto de rechazar la llave, duda. La chica quiere que ella tenga esa llave. "Por algo", ¿se referirá al llanto que ella escucha por las noches? Natalia mete el llavero en su bolsillo justo cuando aparece la hermana con el teléfono y se lo extiende.

—Tomá, llamá —dice la chica.

Natalia marca el número de su antiguo departamento. Sabe que nadie va a contestar. Finge estar molesta.

—Esta gente nunca está cuando la necesitás.

Marca dos o tres veces más, y luego le devuelve el aparato.

—Gracias, de todos modos.

La chica cierra la puerta; antes de que lo haga, Natalia ve cómo detrás de ella la menor se asoma para saludarla. Recién cuando la puerta se cierra completamente, Natalia regresa a su departamento y se sienta frente a la computadora. Intenta más opciones de búsquedas. Otra vez aparece el blog de noticias policiales del que sacó la mayoría de los datos. Busca el nombre de quien firma el informe. Lo googlea. Es director de la sección Policiales de uno de los principales diarios del país. Busca el número de teléfono del diario. Llama, pide por él. La atiende un contestador automático. No deja mensaje. Llama unas veces más hasta que el periodista, por fin, contesta. Natalia le dice que es amiga de la familia, que estaba viviendo fuera del país, que acaba de llegar y no termina de entender qué pasó.

—Nadie entendió ni entiende…

—Usted sí…

—No todo.

—Cuénteme al menos lo que sí pudo concluir...

—Lo que usted leyó...

—Debe de haber algo más, algo que no haya podido incluir en su nota, algo de lo que no tiene certeza. Lo que sea... Necesito saber.

—Si usted es amiga de la familia ya sabrá… No son gente ordinaria. Y ese patrón familiar que se repite…

—¿Cuál patrón?

—Hay un único matrimonio en la familia por generación. Y ese matrimonio muere en circunstancias irregulares después de ser sometido a tortura, pero dejando descendencia para que el patrón se vuelva a cumplir.

—No entiendo.

—Que años después esos chicos crecen, sólo uno de ellos se casa, tiene hijos y luego muere en situación dudosa. Investigué hasta cuatro generaciones atrás y el esquema se repite. Aunque el drama de la familia empezó un poco antes del primer matrimonio asesinado: uno de sus hijos se ahogó en un estanque durante un festejo familiar. Acusaciones cruzadas, reproches, ¿de quién es la culpa cuando hay una desgracia como ésa? La gente siempre necesita un culpable.

"De quién es la culpa cuando hay una desgracia", la frase le pega a Natalia en la boca del estómago. Intenta sacarla de sus pensamientos y seguir con sus preguntas. Pero se produce un silencio que no sabe cómo romper. El periodista da por terminada la charla y empieza a despedirse.

—Siempre me quedó este caso en la cabeza, cada tanto me anda dando vueltas… Pienso en esos chicos… Alguno de ellos crecerá, se casará y, si el patrón se sigue cumpliendo, será torturado hasta morir…

Natalia no dice nada pero se pregunta si las torturas no habrán empezado esta vez antes, mientras los Harris aún son niños, si no será ése el motivo del llanto.

—¿Y el resto de la familia? ¿Los hermanos que no se casan?

—Mantienen los negocios familiares, la funeraria, la inmobiliaria, etcétera. Disculpe pero me está esperando el fotógrafo para ir a una entrevista.

Ella no tiene más remedio que cortar. Sigue frente a la computadora pero no encuentra nada demasiado importante.

Martín vuelve para la cena. Comen en silencio, hablan lo mínimo y necesario. Ella no le cuenta de la visita al otro departamento. Ni de lo que le dijo el periodista policial. Se van a dormir temprano. En medio de la noche, el llanto comienza. Los dos se despiertan pero no se incorporan en la cama ni se dicen palabra: espalda contra espalda, esperan a que el llanto se detenga. Y en algún momento se detiene.

Al día siguiente, Natalia se levanta con la decisión tomada: entrará al departamento en algún momento en que los vecinos no estén, revisará y se esconderá. Es la única forma de saber. Y de convencer a los demás del peligro: a la policía, a Martín, a quien fuera necesario. Llevará el celular y filmará lo que pueda. Y luego se escabullirá con la prueba del hecho. Para no despertar sospechas, le dice a Martín que va a comer a la casa

de Susana, una amiga de la infancia, que seguramente charlarán hasta tarde y que si toma mucho vino se quedará a dormir ahí. No hay riesgo
de que su marido llame, no tiene relación con
Susana más que a través de ella, por eso la elige
como excusa. A Martín no le parece nada mal, a
él también le va a venir bien un respiro, estar un
poco solo.

El resto del día, Natalia ni siquiera se propo-
ne trabajar en la corrección para la editorial. Está
permanentemente atenta al departamento de al
lado, a sus ruidos, a su silencio, a su respiración.
A media tarde oye movimientos en el palier y se
acerca a la mirilla: los vecinos esperan el ascensor. Se toma el tiempo necesario como para que
ellos salgan del edificio. Agarra las llaves y entra
al 3º A. Lo recorre pero no se atreve a abrir cajones ni placares, todavía. De lo que está a la vista
nada le llama la atención. Es un departamento
más: un cuarto interno para los varones, otro
para las chicas, y el cuarto matrimonial a la calle,
el que seguramente fue de sus padres y que ahora ocupa la mujer que los cuida. ¿Los cuida?
¿Quién es esa mujer? En el cuarto matrimonial
sí hay algo llamativo: dos sillas idénticas a las que
vio en las fotos del blog policial, aquellas donde
habían sido atados y torturados los padres de los
niños. No pueden ser las mismas. ¿O sí? No.
Abre el placard. Hay una especie de cadena con

pinches adentro. Nunca vio un cilicio, no puede asegurar que lo sea. Está manchada de sangre. ¿De cuál de los niños será esa sangre?, se pregunta. ¿Por qué sólo la más pequeña se atreve a pedir ayuda? Se agacha y recoge un sobre que está en el piso del placard, lo abre: una serie de fotos. Una mujer vela a un niño. Natalia se estremece. La misma mujer sale de una funeraria llorando junto al cajón blanco cerrado. La misma mujer en el entierro. Una mujer que no es ella, pero podría serlo. Una mujer que le recuerda a alguien. La misma mujer llorando sentada en un sillón. Un sillón idéntico al que está en el departamento que ella, Natalia, alquila. Natalia no termina de entender, o aún no puede. Escucha que alguien hace girar las llaves en la puerta de entrada y se estremece. Otra vez no pensó una estrategia, no previó un lugar donde esconderse pero debe hacerlo, y rápido. El espacio entre la cama y el piso es demasiado estrecho. Entra en el placard pero no consigue cerrar la puerta desde adentro. Sólo quedan las cortinas, las que días atrás la nena frunció para saludarla. Natalia especula con que la luz encendida del cuarto contra la oscuridad de la noche le permitirá a ella verlos a través de la tela sin ser descubierta. El tiempo pasa lento. Escucha la televisión encendida. Pasos que van y vienen. Piensa en Martín, sabe que no le perdonará que haya hecho lo que está haciendo. Piensa en ella, piensa en la mujer de las fotos. Ruidos de platos en la cocina. El televisor otra vez. La mujer entra al cuarto, prende la luz, de espaldas a ella se saca los anteojos, se cambia los zapatos. Apenas puede verla de perfil cuando vuelve a apagar la luz y sale. ¿Es la mujer de las fotos? ¿Puede serlo? ¿Qué relación hay entre el hijo que perdió, su muerte, y estos niños a los que cuida? ¿O tortura? ¿Qué culpa tienen ellos? ¿Y ella, Natalia, por qué está ahí?

—¡Al cuarto! —grita la chica más grande.

Natalia tiembla. Entra la chica y prende la luz. Después los dos varones, uno a cada lado de la mujer, como siempre, pero ahora, sin anteojos y de frente, puede verla, ahora sabe que es la mujer de las fotos. A la que, como a ella, se le murió un niño. La sientan en una de las dos sillas y la chica mayor le saca las esposas que la unen a los varones. Los ojos de la mujer parecen ausentes, perdidos, drogados. Entra la niña pequeña con una soga en la mano. Se la alcanza a su hermana, que ata a la mujer a la silla. La niña va hasta el placard y vuelve con el cilicio. A Natalia cada apretón le duele en la mandíbula de tanto tensarla. La mujer no tiene fuerza ni para quejarse. Apenas solloza un llanto que de todos modos Martín oirá, si es que esta noche, solo, también presta atención. Es el llanto, es la voz que escuchó las noches anteriores, es esa misma queja.

212

Cuando la chica termina con la cadena los varones le alcanzan un botiquín. Lo abre y saca de adentro una hoja de afeitar con la que empieza a tajear la cara de la mujer, que ahora parece totalmente adormecida a pesar del dolor. Natalia sabe que tiene que salir de ahí, que tiene que gritar, que tiene que intentar defenderla. Pero no puede, está paralizada. Y tiene miedo, un miedo que hasta ahora no sintió nunca. Ni antes ni después de que el niño muriera. Antes porque no se le ocurrió, después porque ya nada peor podía pasarle. ¿Nada peor podía pasarle? ¿Es el dolor físico comparable con el dolor de una pérdida? ¿Puede doler algo más o menos que lo otro? ¿Duele el cuerpo más que eso a lo que no sabe cómo llamar? ¿El alma? La chica grande le pasa la hoja de afeitar a la pequeña y le indica que ella también corte a la mujer, le explica la manera de hacerlo, como si la estuviera iniciando. La chica lo hace, con la convicción y la ingenuidad con las que los niños garabatean sus primeros dibujos. Luego mira a la mayor y le sonríe. Ahora lo hacen juntas, las dos siguen cortándola, cortes pequeños, poco profundos, hasta que la mujer cae de lado, desmayada o muerta, Natalia no está segura, ella siente que también puede desmayarse detrás de la cortina. Los varones enderezan a la mujer, la atan más fuerte para que no se caiga de la silla y le sacan fotos. Natalia se siente impotente, cobarde, sólo espera que la tortura termine y que esos chicos se duerman para poder salir de allí, volver con Martín, esta vez sí ir a hacer la denuncia, y huir del edificio. Esos chicos, ¿así debería llamarlos? ¿Son chicos? Y si no, ¿qué?

Entonces, cuando parece que la ceremonia por fin terminó, que ya no hay más dolor para infligirle a ese cuerpo vencido atado a una silla, la niña menor camina hacia la ventana, despacio pero resuelta, como si supiera, como si siempre hubiera sabido; corre la cortina que cubre a Natalia y, mientras con una mano sostiene aún la hoja de afeitar ensangrentada, con la otra hace el gesto que tantas veces ella le vio hacer antes y dice:

—Vení.

La muerte y la canoa

Apenas unas semanas atrás, la librería española Papiros había abierto una sucursal en Buenos Aires, en San Telmo, frente a la plaza Dorrego, apostando al turismo constante de la zona sur de la ciudad. Y para darle difusión al emprendimiento, nada mejor que convocar al escritor estrella del momento, Martín Jenner, a dar una charla y firmar ejemplares.

Jenner llegaría puntual, como era su costumbre; por eso había salido con anticipación más que suficiente. Aunque le tomaría casi media hora, había decidido ir caminando a la librería desde su departamento de Puerto Madero, alquilado para él por la editorial después de su divorcio y como parte de su último y fabuloso contrato. Ningún otro autor en Argentina había logrado nunca una condición de negociación semejante, pero ningún otro autor vendía más de medio millón de ejemplares de cualquier trabajo que publicara, sin importar qué clase de libro fuera, sólo porque llevaba su firma.

De camino, le sorprendió lo sucia que estaba esa parte de la ciudad, la gran cantidad de baldosas rotas, pero sobre todo los grupos de muchachos que escuchaban a todo volumen música "de dudosa procedencia" —como le había oído decir a un colega que despreciaba cualquier manifestación artística posterior al siglo XIX—, sentados en medio de la vereda, mientras tomaban cerveza. Martín Jenner sintió que a su paso, a diferencia de lo que le sucedía en otros barrios de Buenos Aires, nadie lo reconocía. Ni siquiera lo miraban. Sentirse ignorado, más allá de sorprenderlo, lo indignó. "Esta gente no lee", concluyó para sí cuando pasaba frente a la estatua de Mafalda en el Paseo de la Historieta, y una mujer le pidió si podía tomarle una foto sentada en el banco junto al personaje de Quino. "Estoy apurado", dijo Jenner, y siguió sin detenerse.

A pesar de la caminata, llegó impecable a la librería. Allí sí, junto a tanta gente que había ido por él, se sentiría cómodo. Buscó su imagen en la puerta de vidrio de la entrada, se acomodó el pelo y la solapa del saco. La sala ya estaba colmada y eso le quitó la inquietud que le había producido ser ignorado en la caminata. La nueva Papiros era un lugar bastante grande, pero la concurrencia había excedido las previsiones de los organizadores, que tuvieron que agregar sillas en lugares poco ortodoxos. Ni bien entró lo recibieron el dueño de la librería, su editora —que cumplía también la función de estar atenta a cada uno de sus pedidos, del orden que fueran— y el director comercial de la editorial, que sólo iba a presentaciones de autores de envergadura. La charla era coordinada por la jefa de redacción de una de las revistas culturales más leídas. Pero a la tercera pregunta en la que la insegura mujer quiso lucirse haciendo extrañas vinculaciones entre distintos textos de Jenner y coronó su teoría diciendo: "Es evidente que entre esos textos hay un lazo profundo, ¿no te parece? Desde el lenguaje te digo", el escritor respondió: "No, no me parece", y siguió hablando de lo que a él le parecía, sin devolverle el micrófono hasta concluir lo que empezó como una entrevista y terminó como una conferencia.

Exactamente una hora después de comenzado el evento, Jenner se despidió sin dar lugar a preguntas del público. Agradeció en general, recibió un gran aplauso y anunció que estaría allí aún un rato más para firmar ejemplares. Entonces sí le dio el micrófono a la periodista para que lo calzara en el soporte. Con su habitual sonrisa, sus uñas de manicura perfecta esmaltadas en color azul y una lapicera Lamy —más usual entre arquitectos que entre escritores—, Jenner firmó ejemplares de *La muerte y la canoa* durante más de una hora. La fila de lectores en busca de su dedicatoria, a diferencia de lo que sucede con muchos otros autores, no se limitaba a mujeres de mediana edad sino que abarcaba *fans* de entre veinte y sesenta años, tanto hombres como mujeres. El único denominador común entre ellos era que se mostraban sensiblemente enamorados del autor.

Jenner sabía desde hacía mucho tiempo lo que producía en sus lectores y lo fomentaba con distintas estrategias. Así lo hizo también esa tarde, en la librería de San Telmo, dedicándole tiempo a cada uno de ellos, prestándole atención y festejando con falsa humildad todos sus halagos. Martín Jenner era el autor más leído del país, también el más traducido. Y las dos cosas, tenía la certeza, se las debía en mayor medida a sus lectores que a la crítica o a sus colegas, siempre esquivos a la hora de elogiar sus libros, que consideraban "discretos" sin llegar a hablar mal de ellos. Jenner jamás fue seleccionado entre los finalistas de ninguno de los tantos premios Nacionales o Municipales, jamás alguna de sus novelas fue elegida "la ficción del año" ni en ferias, ni en festivales, ni en esas listas que hacen los suplementos culturales a fines de diciembre. Jenner se decía, y les decía a los pocos que se atrevían a preguntar, que no le importaba, que su capital estaba allí, frente a él, haciendo cola para llevarse su ejemplar firmado. Por eso era que Jenner no se limitaba a estampar la firma en los libros sino que le preguntaba a cada uno de sus lectores el nombre completo, se lo hacía deletrear si era necesario, conversaba con ellos un rato y se sacaba fotos con cientos de celulares, e incluso, y a pesar de lo mal que le sentaban, aceptaba en algunos casos tomarse *selfies*. En esa estrategia de devoción mutua radicaba la razón, estaba convencido, de que sus lectores le fueran tan fieles. Fieles no tanto a lo que escribía sino a él mismo. Jenner le hacía creer a esa gente, allí parada a la espera de su firma, que la conocía, que era como de su familia, que había un vínculo. Ése era para Jenner el verdadero motor del contrato autor-lector. Y aunque a él esa intimidad no le gustaba demasiado, más bien le causaba repulsión, la sostenía porque no le cabían dudas de que influía directamente, y quizás de manera exponencial, sobre las ventas de sus libros. Hoy un escritor, Martín Jenner lo sabía desde sus primeros pasos en el mundillo literario, con sólo escribir no llega a ninguna parte. Y él sí que había llegado lejos. Muy lejos.

Ni bien se tomó la última foto, se incorporó, fue al perchero y se puso el abrigo para salir a la bruma de un mayo húmedo y gris. Más allá de la vidriera, en la calle empedrada, un grupo de jóvenes pasaba pateando una botella y hablando a los gritos. Parecía que discutían, pero no. "Su forma de hablar, su estruendoso manejo del lenguaje", pensó Jenner, "en este barrio se van a quedar todos sordos muy jóvenes". Además de oírlos los vio bajar hacia Paseo Colón esquivando autos que iban en sentido contrario. Se preguntó si vivirían en el edificio tomado de la otra esquina, un edificio que alguna vez había sido público y que desde hacía años ningún gobierno se atrevía a desalojar. Pero enseguida descartó la pregunta, si, en definitiva, a él qué le importaba dónde vivía esa gente.

Jenner se guardó la lapicera en el bolsillo y por fin bajó del improvisado escenario. Hacía rato que lo esperaban su editora, el gerente comercial de la casa que lo publicaba y el dueño de la librería para llevarlo a cenar. Lo habrían esperado el tiempo que hubiese sido necesario, era el escritor superventas, el más exitoso del catálogo completo de la editorial, el que compensaba las pérdidas que les ocasionaba la publicación de mejor literatura. Estaban ya por irse cuando alguien abrió la puerta de la librería con ímpetu. Un hombre de algo más de treinta años —difícil calcularle la edad con esa barba *hipster*—, delgado, algo desprolijo. Avanzó hacia ellos. Llevaba una mochila de la que sacó un ejemplar de *La muerte y la canoa*. El dueño de la librería le salió al paso: "Disculpe, ya terminó la firma, si quiere puede dejar su ejemplar y lo pasa a buscar en unos días". El hombre no se movió, miró a Jenner a los ojos sin decir una palabra. Jenner se inquietó por esa situación algo violenta que transcurría en la tensión del silencio. Necesitó romperlo. "Pero, por favor...", se quejó, "cómo no lo voy a firmar, es sólo un instante más". Jenner metió la mano en el bolsillo y sacó otra vez la lapicera. El hombre le extendió el libro. Jenner, como es su costumbre, lo abrió en la primera hoja dispuesto a firmar. Sin embargo, esta vez algo lo confundió: donde debía estampar su firma encontró pegada una hoja con renglones arrancada de alguna libreta. Entonces miró al hombre como pidiendo permiso para sacarla y él le dijo: "Lea". Jenner obedeció, lo hizo mentalmente, sin repetir en voz alta lo que leía: "Este libro lo escribí yo, señor Jenner, usted lo sabe. Crápula, estafador". Martín Jenner palideció, le temblaron las piernas; en un primer momento evaluó la idea de contestar, de decir algo, incluso de hacer echar a ese hombre por el personal de seguridad que cuidaba la librería y esperaba junto a la puerta. Pero casi de inmediato, en cuanto pudo controlar el temblor de sus piernas, concluyó que lo mejor era hacer como si no hubiera leído el mensaje. Entonces, sin mirar otra vez al barbudo *hipster* que lo había traído, firmó su ejemplar, levantando apenas la nota, y se lo devolvió. A su vez el hombre, sin dejar de mirarlo, aunque Jenner no hacía contacto visual con él, guardó su ejemplar en la mochila y se fue sin saludar. "Qué tipo raro, ¿no? Hay cada personaje en esta ciudad", dijo la editora, que no había percibido más que la actitud algo prepotente del hombre de la mochila. "Sí, la verdad que sí", afirmó Jenner, pero no agregó nada más. Le pareció mejor no mencionar lo de la nota ni lo del insulto. Al menos por el momento.

Lo llevaron a comer a un sitio clásico pero de moda, muy cerca, a unas pocas cuadras. Un restaurante vasco que figura en las listas de los diez mejores de la ciudad. La humedad sobre el piso empedrado de esa zona de San Telmo, sus zapatos nuevos y la luz titilante de esas cuadras lo hicieron trastabillar un par de veces. O tal vez fue el estado de inquietud que le quedó después de la última firma; de hecho, cuando unas horas atrás había venido caminando desde su casa por las mismas calles, con la misma humedad y los mismos zapatos, no recordaba haber tenido dificultades. Estaba más oscuro, eso sí. Y ahora había más basura que esquivar en las calles. A San Telmo, de noche, lo invade la basura, pensó.

En la entrada del restaurante los esperaba una recepcionista que chequeó la reserva. El director comercial de la editorial le comentó que no había sido fácil conseguir lugar pero que, como sabían que era su preferido, habían movido cielo y tierra hasta lograrlo. La cena transcurrió con normalidad. Pero fue algo así como la calma que antecede a la tormenta, porque cuando estaban caminando de regreso hacia la plaza Dorrego para subir al auto, se toparon otra vez con el hombre de barba *hipster*. Martín Jenner lo reconoció inmediatamente, lo esquivó y apuró el paso. Gracias a su gesto, los otros advirtieron lo que estaba pasando. Todos se metieron dentro del auto del director comercial con rapidez, sin siquiera abrirle la puerta a la editora ni respetar que entrara primero siendo la única mujer del grupo. El hombre de la barba se acercó al auto, se paró a un costado, junto al parabrisas delantero, levantó el limpiaparabrisas y luego lo bajó dejando apresada una hoja de cuaderno similar a la que estaba dentro del libro que había llevado a la librería. Jenner intuyó lo que debía decir. El hombre se quedó un rato más allí, mirando directo a los ojos del escritor, con el dedo mayor de la mano derecha extendido y el resto en puño apretado. "*Fuck you*", dijo, y se fue. Ninguno de los que estaban dentro del auto se movió ni hizo nada, hasta que finalmente el hombre cruzó la plaza en diagonal y se perdió por Carlos Calvo en dirección a la avenida 9 de Julio. Cuando ya no estaba a la vista, el director comercial se bajó del auto y retiró el papel que estaba sobre el parabrisas. Jenner hubiera querido detenerlo, pero sabía que ocultar el contenido de la nota habría sido peor. El director comercial entró otra vez al auto y leyó: "*La muerte y la canoa* la escribí yo, usted es un impostor, señor Jenner, un crápula estafador". "¡Por Dios!", dijo la editora. "Increíble", comentó el librero. Luego el auto fue invadido por un silencio incómodo. Y al rato: "¿Quién será este loco? ¿Alguien le vio cara conocida?", preguntó el director comercial. Jenner movió los brazos en el aire buscando palabras que no encontraba y luego dijo que no tenía ni la menor idea, que lo había visto en la librería por primera vez en su vida, y entonces sí les contó el episodio anterior. "¿Cómo no nos dijiste antes?", le reprochó la editora. Y siguió: "Este hombre está muy mal. No es la primera vez que veo una cosa así, en esta ciudad hay muchos que tienen el delirio de que son escritores y que un escritor famoso les robó su obra maestra". "En esta ciudad hay más gente que escribe que gente que lee", se quejó el director comercial. "Pero a lo sumo te denuncian en un diario, o te hacen juicio y listo", siguió la editora. "En esos casos lo solucionamos fácilmente con nuestros abogados. Pero este acoso es peligroso. ¿No les parece que deberíamos hacer la denuncia a la policía?", sugirió el director. "Yo creo que sí", dijo el librero. "Podemos ir ya, hay una seccional acá cerca".

Jenner, todavía pálido del susto, intentó mantener la calma, la suya y la del grupo. "A ver, esperemos un poco. Nunca me pasó algo igual. Sí que me esperen durante días para darme un libro escrito por ellos, o para pedirme un autógrafo, o hasta para regalarme una rosa roja. En fin hay gente rara, intensa, que se obsesiona con uno. Pero en general se les pasa. A éste también ya se le va a pasar", concluyó. "¿Querés que lo corra y le diga algo? Como para asustarlo un poco y quedarnos tranquilos de que no va a volver a suceder", preguntó el director comercial. "No, no, no vale la pena. Además, ya debe haber subido a un colectivo, o al subte", respondió Jenner. "Mejor no prestarle atención, todos buscan un poco de fama a costa de uno. Y por lo general, una vez que tienen su minuto de gloria se calman."

Arrancaron dando por terminado el intercambio de ideas, pero en el trayecto siguieron hablando del hombre de barba *hipster*. El director comercial dejó al dueño de la librería en su casa, que quedaba a unas cuadras, sobre la calle Defensa, a la altura en que San Telmo empieza a perder su encanto y se transforma en el microcentro de la ciudad: una zona que de noche, apagados el bullicio y las corridas del día, espanta a muchos. Luego siguieron hasta Puerto Madero para llevar a Martín Jenner hasta el lujoso departamento pagado por la editorial. "¿Seguro que estás bien, tranquilo?", le preguntó la editora al escritor. "Claro que sí", dijo Jenner, "lo único que me falta es perder la calma por un *hipster* mal entrazado que cree que escribió lo que escribí yo. Tranquilos, esto no es más que una anécdota que contaremos hasta cansarnos en cada brindis de la editorial". Jenner le extendió la mano al director comercial, besó en la mejilla a la editora y bajó. Antes de irse se acercó a la ventanilla a decir una última cosa. "Obvio que esto les saldrá unos cuantos dólares más en el próximo contrato. Trabajo insalubre, amigos", advirtió y todos se rieron, aunque sabían que, tratándose de Jenner, eso podía no ser una broma.

El gerente esperó con el auto en marcha, mientras su escritor superventas no terminaba de entrar en el edificio. Jenner buscaba las llaves en el bolsillo, pero antes de que las encontrara se acercó el hombre de la empresa de vigilancia que cuidaba el edificio las 24 horas y le abrió. Jenner extendió el brazo hacia el auto a modo de saludo y entró. Los otros tocaron una bocina corta y se fueron. Mientras Martín Jenner avanzaba hacia el ascensor, el hombre de vigilancia le acercó una pila de sobres, la correspondencia pendiente de entrega que, según le dijo, había retirado él mismo del buzón esa tarde porque ya no cabían más papeles dentro. Jenner la tomó y le agradeció la molestia: "Soy un desastre con este tema de los buzones, viejo". Y se metió en el ascensor.

Ya dentro del departamento, tiró el pilón de sobres sobre la mesa ratona, se sacó los zapatos y se sirvió un whisky. Jugó con un par de hielos que echó dentro del vaso y se sentó en el sillón. Más que sentarse se desplomó. A esa distancia de la mesa ratona, observó los sobres desparramados y uno le llamó la atención. Estaba dirigido a su nombre pero debajo, entre paréntesis y con letra de imprenta, decía: CRÁPULA ESTAFADOR. Habría querido tomarlo con calma, pero era demasiado. Lo abrió temblando. Encontró lo que sospechaba: una carta donde el hombre de la barba *hipster*, que por fin había puesto su nombre, Antonio Borda, le recordaba que le había enviado tres ejemplares de su manuscrito, *La muerte y la canoa*, por correo el año pasado, uno en marzo, otro en agosto, y el último en octubre. "Como le dije en el último envío, eran las tres copias que tenía, ni una más, y se las mandé sin resguardo porque confié en su honestidad. No le di a leer la novela a nadie más, sólo confié en usted. En la Feria del Libro me dijo que le encantaría leer lo que escribía. ¿No se acuerda? ¿O se lo dice a todos?" Claro que se lo digo a todos, piensa Jenner, y sigue leyendo. En lo que queda de la carta Borda le agradece haberlos leído y luego se extiende en tres largos párrafos acerca de las virtudes de su propio texto "que, dadas las circunstancias, me doy cuenta de que usted también valoró". Por fin terminaba la carta con un párrafo que Jenner consideró una provocación: "No volveré a ponerme en contacto con usted, pero si no declara públicamente que yo soy el autor de *La muerte y la canoa* dentro de las próximas 72 horas me suicidaré y usted cargará con eso por el resto de su vida".

Martín Jenner sintió que iba a desmayarse. Este loco lo estaba logrando, lo estaba sacando de sí. Y eso a él no le había gustado nunca. Necesitaba hablar con alguien. Marcó el número de su editora pero cortó. Mejor sería decírselo al día siguiente, para qué dejar a otra persona sin dormir. O tal vez llamaría directamente a su abogado, pensó. En cualquier caso no temía que el hombre se matara; dicen que los suicidas lo hacen sin avisar, recordó. Y Borda había dicho 72 horas. Nadie planea un suicidio a tres días vista, Jenner estaba seguro de eso. No recordaba haber oído nada semejante. El *hipster* debe de estar buscando plata, concluyó; si sabe que otra cosa, de él, el escritor más exitoso de la Argentina, no va a conseguir. Basta de elucubraciones, se dijo. Y se tomó una pastilla para dormir, después de un tercer whisky. "Eran las únicas copias que tenía", volvió a leer en la carta. No creía que la situación fuera de gravedad, pero sí que sin la ayuda del fármaco no le sería fácil descansar como necesitaba.

Tres días después, Antonio Borda apareció colgado frente a la librería Papiros. Los comerciantes de la plaza Dorrego rodeaban el cadáver que el juez no había autorizado retirar. La soga pendía de un cartel de hierro que servía para indicar el nombre de una casa de antigüedades. Borda tenía en el bolsillo una carta dirigida "A quien corresponda en la editorial", donde decía más o menos lo mismo que explicaba en la carta que le había mandado a Martín Jenner. El asunto se convirtió en un escándalo que cubrieron todos los medios. Pasaron semanas hablando del "*hipster*, mitómano, poeta y suicida" en diarios, radios y canales de televisión. Hasta que surgió un asunto de mayor interés y la cobertura mediática decayó. Martín Jenner declaró ante la policía y la justicia. Le hicieron un extenso reportaje en uno de los noticieros más vistos del horario central, en el que era muy difícil ver invitado a un escritor para hablar de lo que fuera. "No supe medir lo mal que estaba este muchacho, me siento culpable, necesitaba ayuda y no lo vi. A veces pasa que alguien tiene una idea que casualmente otro escritor desarrolla y se siente estafado. Todo el tiempo sucede. Coincidencias, temas que están en el aire y que en varias cabezas toman distintas formas literarias. En fin. Yo creo que en medio de su delirio él debía de estar convencido de que me envió su manuscrito y yo publiqué algo que le pertenecía. El delirio tiene caminos extraños, inenarrables hasta para nosotros, los escritores. Una pena que nadie haya notado lo mal que estaba. Soy agnóstico, pero si no lo fuera, pediría una oración por él", dijo como cierre Martín Jenner, y hubo una especie de minuto de silencio que no duró los sesenta segundos de rigor. Luego en el noticiero completaron la entrevista con un informe que incluía las conclusiones de un importante psiquiatra especialista en suicidios. El *hipster* tenía antecedentes de desordenes psicológicos. Había estado internado en dos ocasiones. El único familiar que apareció a reconocer el cadáver fue una tía lejana que no lo veía hacía años.

Unas semanas después, *La muerte y la canoa* llegó a la vigésimo primera edición. "Bueno, no quiero hacer humor negro, pero finalmente el *hipster* nos hizo un favor", le dijo la editora a Martín Jenner cuando lo llamó para avisarle de otra nueva tirada de su novela. "Sí, no me hace gracia el chiste, pero me alegra lo de la nueva edición", respondió Jenner. Luego arreglaron detalles de su participación en el festival literario de Paraty, en Brasil, "un festival al que van solo unos pocos", intentó entusiasmarlo su editora, como si Jenner no tuviera muy en claro de qué festival

232

se trataba, si hacía años que se molestaba cada vez que aparecía la lista de invitados y él no era uno de ellos. "Sí, supongo que les diremos que sí a los de Paraty, dejame pensarlo un poco", pidió, y luego cortó.

Jenner se acercó a la ventana. El río estaba más gris que de costumbre. A lo lejos se veía un barco, tan pequeño a la distancia que bien podía ser una canoa. Tuvo ganas de servirse un whisky, aunque si arrancaba a esa hora de la mañana no iba a poder escribir en todo el día, así que lo descartó. Mejor era ponerse a escribir ya, con su computadora portátil, frente a esa ventana que le regalaba un paisaje único. Pero antes fue a su escritorio a hacer por fin lo que no había podido hacer hasta ahora. ¿Tal vez por cábala? ¿Por respeto al muerto? ¿Por regodeo en saborear un riesgo que en algún momento sintió que podía quebrarlo? No sabía por qué lo haría recién ahora, pero era el momento. Sacó del último cajón las tres copias del manuscrito de Borda que había recibido por correo, en marzo, agosto y octubre del año anterior. Las quemó dentro de la pileta de la cocina, esperó que los papeles ardieran por completo. Con cuidado, juntó las cenizas en un jarrón. Le colocó un plato encima por si acaso. Y ubicó el jarrón en la biblioteca del living. Allí quedarían hasta que tuviera tiempo de bajar a orillas de ese río que veía cada día por la ventana. Cuando fuera al río, se juró, iba a esparcirlas. Ojalá en ese momento pasara una canoa y las cenizas volaran frente a ella, como cuando se lanzan las de un muerto a su lugar más querido.

Agradecimientos

A Miriam Molero, Julia Saltzmann y Ricardo Baduell.

A Débora Mundani y Karina Wroblewski.

A Julieta Obedman y Juan Boido.

A Guillermo Schavelzon y Barbara Graham.

A Ramiro, Tomás, Lucía y Ricardo.

Índice

Lo de papá   9

Dos valijas   25

Con las manos atadas   41

Basura para las gallinas   51

Claro y contundente   59

Un zapato y tres plumas   79

La madre de Mariano Osorno   93

Ojos azules detrás del voile   109

Mañana   121

El abuelo Martín   129

Bendito aire de Buenos Aires   137

Carla y Rubén, estilistas   153

Lo mejor de vos   161

Salsa Carina   177

Alquiler temporario   185

La muerte y la canoa   215

Índice

Quién no de Claudia Piñeiro
se terminó de imprimir en noviembre de 2018
en los talleres de
Litográfica Ingramex, S.A. de C.V.
Centeno 162-1, Col. Granjas Esmeralda, C.P. 09810,
Ciudad de México.